Alexandre ASTIER

KAAMELOTT

Livre I, deuxième partie
Épisodes 51 à 100

J'AI LU

*Ces textes sont les scripts originaux destinés,
lors du tournage de la première saison,
aux acteurs et aux techniciens de* Kaamelott.
*Toutes les modifications de dernière minute apportées
à ces textes sur le plateau (changements de réplique,
de décor, de personnage, coupes diverses, improvisations…)
n'apparaissent pas dans cet ouvrage.*

© Éditions Télémaque, 2008

Sommaire

Livre I

51 – Enluminures 13

52 – Haunted 19

53 – Le Secret De Lancelot 24

54 – Le Serpent Géant 30

55 – Guenièvre Et Les Oiseaux 37

56 – Le Dernier Empereur 42

57 – Perceval Relance De Quinze 48

58 – Le Coup D'Épée 54

59 – La Jupe De Calogrenant 60

60 – Le Prodige Du Fakir 66

61 – Un Bruit Dans La Nuit 71

62 – Feu L'Âne De Guethenoc 77

63 – Goustan Le Cruel 83

64 – Le Chaudron Rutilant 88

65 – La Visite D'Ygerne 93

66 – Les Clandestins 99

67 – La Kleptomane 104

68 – Le Pain 110

69 – La Mort Le Roy Artu 116

70 – Le Problème Du Chou 121

71 – Un Roi À La Taverne 127

72 – Les Fesses De Guenièvre	133
73 – Le Billet Doux	139
74 – Guenièvre Et L'Orage	145
75 – Eunuques Et Chauds Lapins	150
76 – Choc Frontal	156
77 – Le Forage	161
78 – Le Discobole	167
79 – L'Expurgation De Merlin	173
80 – Les Volontaires	178
81 – Polymorphie	184
82 – Décibels Nocturnes	190
83 – La Fête De L'Hiver	195
84 – Gladiator	201
85 – La Blessure Mortelle	206
86 – Le Dragon Des Tunnels	212
87 – Retour De Campagne	218
88 – L'Escorte	223
89 – Tel Un Chevalier	229
90 – La Pâte D'Amande	234
91 – La Fureur Du Dragon	240
92 – Vox Populi	246
93 – Unagi	252
94 – L'Éclaireur	258
95 – Lacrimosa	264
96 – La Quête Des Deux Renards	270
97 – Agnus Dei	276
98 – Le Tourment	281

99 – La Retraite	286
100 – La Vraie Nature Du Graal	291
Inédits	297
1 – Huit Cents Arbalètes	299
2 – Le Spectre D'Uther	306
3 – Dolor	312

Liste des personnages

par ordre d'apparition

Bohort †*, *Roi de Gaunes*
Karadoc †, *Chevalier de Vannes*
Arthur †, *Roi de Bretagne*
Léodagan †, *Roi de Carmélide, père de Guenièvre*
Perceval †, *Chevalier du pays de Galles*
Guenièvre, *Reine de Bretagne*
Séli, *mère de Guenièvre*
Breccan, *artisan*
Père Blaise, *prêtre chrétien*
la Dame du Lac, *Fée*
Lancelot †, *Chevalier du Lac*
Galessin †, *Duc d'Orcanie*
Hervé de Rinel †, *Chevalier*
Attila, *Chef des Huns*
Grüdü, *guerrier*
Demetra, *maîtresse d'Arthur*
Buzit, *barde*
Kay, *sonneur*
le Maître d'Armes
Yvain †, *Chevalier au Lion, frère de Guenièvre*
le Tavernier
Calogrenant †, *Roi de Calédonie*
Venec, *marchand*
le Répurgateur, *inquisiteur chrétien*
Merlin, *Enchanteur*
Élias de Kelliwic'h, *Enchanteur*
Jacca, *Seigneur breton*
le Roi Burgonde

* *Le symbole † indique qu'il s'agit d'un Chevalier de la Table Ronde.*

L'Interprète
Dagonet †, *Chevalier breton*
Angharad, *suivante de Guenièvre*
Boniface, *Évêque de Germanie*
Guethenoc, *paysan*
Madenn, *maîtresse d'Arthur, fille de Guethenoc*
Azénor, *maîtresse d'Arthur*
Gauvain †, *neveu d'Arthur*
Caius Camillus, *Centurion romain*
Roparzh, *paysan*
Goustan, *père de Léodagan*
Ygerne de Tintagel, *mère d'Arthur*
Narsès, *Eunuque, Général de Byzance*
la Fée Morgane
le Roi Africain
Pendragon, *spectre du père d'Arthur*

Livre I

51
Enluminures

A. ASTIER

3 CORS

1. INT. SALLE DE LA TABLE RONDE – JOUR

ARTHUR et ses Chevaliers sont en pleine réunion de la Table Ronde. PÈRE BLAISE, comme à son habitude, prend note de tous les propos.

PÈRE BLAISE *(à Perceval)* – Attendez, il était seul ou ils étaient plusieurs ?

PERCEVAL – Qu'est-ce que ça change ?

PÈRE BLAISE – Ça change que s'ils étaient plusieurs, ça finit par un « I ». Mais c'est bon, j'ai pas accordé, encore.

PERCEVAL – Non, il était tout seul.

PÈRE BLAISE note soigneusement.

PERCEVAL – Quoique lui plus l'autre… non, ils étaient plusieurs, en fait.

PÈRE BLAISE relève sa plume et tente de garder son calme.

OUVERTURE

2. INT. SALLE DE LA TABLE RONDE – PLUS TARD

La réunion se poursuit.

Perceval – Quand la vieille est arrivée vers moi, j'ai eu les jetons que ce soit une Sorcière.

Arthur – Mais quelle vieille ? Il y a deux minutes, c'était un vieux !

Perceval – Mais non… !

Calogrenant – Ah si ! Vous avez dit : « Je me suis fait accoster par un vieux. »

Perceval – Non, le vieux, c'est celui qui m'a vendu le cheval malade.

Arthur – Mais… C'est le même vieux que tout à l'heure ?

Perceval – Non mais c'est une vieille, là.

Galessin – Sire, on va pas passer la journée là-dessus !

Père Blaise – Vous allez pas encore changer !

Arthur – Comment ça ?

Père Blaise – Ça fait trois fois depuis tout à l'heure ! Moi, j'étais parti sur un vieux, là ! C'est bon, maintenant ! Je vais pas me retaper toute ma page parce que, subitement, c'est devenu une vieille !

Lancelot – C'est pas que ça change, c'est qu'on comprend rien.

Bohort – On apporte des modifications au fur et à mesure.

Père Blaise *(posant sa plume)* – Eh ben écrivez-les vous-même, les modifications ! Moi, j'en ai marre : j'arrête !

Les Chevaliers se regardent sans comprendre.

Père Blaise – Non, excusez-moi, je m'énerve mais j'avais réussi un superbe « S ».

3. INT. SALLE DE LA TABLE RONDE – ENSUITE

La réunion se poursuit.

Perceval – Et c'est là que le Seigneur Karadoc arrive en boitant.

Karadoc – Une tension sur tout l'arrière de la cuisse !

Perceval – Moi, qu'est-ce que je fais ? je vais vers lui. Sauf qu'avec l'orage, mon cheval a pris peur et il s'est foutu le camp !

Calogrenant – Mais j'avais compris qu'il était mort, votre cheval…

Perceval – Lequel ?

Arthur – Comment « lequel ? »

Galessin – Combien vous en avez, de chevaux ?

Perceval – Un ! Puisqu'il y en a un qui est mort…

Galessin – Vous en aviez deux ?

Perceval – Ah oui !

Léodagan – Mais celui qui s'est barré, lequel c'était ? Le malade ?

Perceval – Ils étaient tous les deux malades, de toute façon.

Père Blaise – Moi, j'ai mis « un fidèle destrier harassé par la tâche ». Vous m'avez jamais dit qu'il y en avait deux !

Perceval – Qu'est-ce que ça peut foutre puisqu'il y en a un qui est mort ?

Père Blaise – Non mais je crois qu'on s'est mal compris, là… Vous avez une idée du temps qu'il me faut pour tracer une lettre avec ces putains de plumes?

Léodagan – Personne vous demande de tout noter, aussi!

Arthur – Ah si! Pardon, c'est moi qui demande!

Calogrenant – On se demande bien pourquoi!

Père Blaise – Pour vous faire entrer dans la Légende! Parce que je vous rappelle qu'entre vos chevaux morts et vos chevaux malades, moi, je dois faire une légende!

Galessin – Il me semble qu'il nous parle bien de travers, le cureton, aujourd'hui!

Calogrenant – Allez donc jouer ailleurs, avec votre paperasse!

Galessin – Qu'est-ce qu'on en a à foutre, de vos bouquins?

Léodagan – En plus, c'est du latin, personne est foutu de les lire!

Père Blaise – Ah mais si tout le monde s'en fout, je vais pas insister pour me faire des crampes aux doigts!

Arthur – Non mais si! C'est pas une option! Vous notez tout, c'est comme ça et pas autrement! Par contre, je vous ai jamais demandé de faire des lettrines de quinze bornes de haut avec des fleurs et des angelots partout!

Karadoc – Attendez, enlevez pas les dessins, c'est les seuls trucs que je comprends!

4. INT. SALLE DE LA TABLE RONDE – ENSUITE

La réunion se poursuit.

Arthur *(à Perceval)* – Et une fois que vous avez passé le poste frontière, vous avez retrouvé la route sans difficulté.

Perceval – Après oui, je me suis repéré.

Arthur – Vous êtes revenu et c'est bon, c'est fini, maintenant…

Perceval – Fini.

Arthur *(à Père Blaise)* – Bon bah voilà. Vous vous en êtes sorti ?

Père Blaise – Oui, oui. C'est magnifique. Il y a des taches, c'est tout barré, j'ai tellement raturé que j'ai transpercé le papier, c'est immonde, on dirait que j'ai lavé par terre avec mais c'est fait.

Lancelot – Ce qui compte, c'est ce que ça raconte, non ?

Arthur – Sans vouloir être blessant, ce que ça raconte, ça casse pas des briques non plus.

Bohort *(à Père Blaise)* – Vous aurez peut-être le temps de le remettre au propre plus tard ?

Calogrenant – Ah oui parce que ce serait dommage de perdre ça !

Léodagan – *La Fabuleuse Légende Du Cheval Malade De Perceval.*

Perceval *(se souvenant)* – Attendez, je vous raconte des conneries, moi ! Le vieux, c'est le jour d'avant ! *(à Père Blaise)* Non, j'avais raison, finalement ! C'est cette conne de vieille qui a dû refiler la crève à mon cheval ! Vous pouvez re-changer ou c'est chiant ?

FERMETURE

5. INT. SALLE DE LA TABLE RONDE – JOUR

Une nouvelle réunion a lieu.

Lancelot – Non, non… J'ai sauvé les deux! La mère et la fille!

Arthur *(à Père Blaise)* – Ça va, vous pouvez corriger?

Père Blaise – Pas de problème. Aujourd'hui, j'essaie une nouvelle combine : je passe sur les fautes avec de la peinture dorée pour réparer les armures. *(il est surpris par le résultat)* Merde mais… mais c'est magnifique!

NOIR

Père Blaise *(over)* – Sans déconner, vous trouvez pas que ça fait hyper classe?

52
Haunted

A. ASTIER

3 CORS

1. INT. CHAMBRE D'ARTHUR – NUIT

La chambre d'ARTHUR est plongée dans l'obscurité. Le couple royal dort. Soudain, on frappe violemment à la porte. ARTHUR se lève d'un bond sur son lit. Il regarde autour de lui et se demande ce qui l'a réveillé.

ARTHUR *(à Guenièvre)* – Ho!

GUENIÈVRE – Qu'est-ce qu'il y a?

ARTHUR – « Qu'est-ce qu'il y a… » Vous ronflez!

GUENIÈVRE – Ah, pardon.

ARTHUR – « Pardon… » Vous m'avez réveillé! Vous pourriez faire gaffe, je me lève tôt!

Il se recouche. On frappe de nouveau à la porte. Il se lève de nouveau sur son lit et regarde sa femme sans comprendre.

OUVERTURE

2. INT. SALLE DU TRÔNE – NUIT

Arthur et Bohort, en costume de nuit, sont plantés au milieu de la grande salle.

Arthur – Il y a rien, Bohort.

Bohort – Attendons encore quelques minutes… Ça va peut être revenir !

Arthur – Ça fait un quart d'heure qu'on se gèle les roupes en plein milieu, là ! Je me lève dans quatre heures, moi, mon petit pote ! Alors, il y a personne, vous avez rêvé, bonne nuit.

Bohort – Je ne suis pourtant pas fou ! Votre père se tenait là, sur votre Trône ! Sa chevelure tout ébouriffée ! Il était entouré d'un halo blanc vaporeux ! Il disait qu'il allait revenir prendre le pouvoir et…

Arthur *(le coupant)* – Bohort, soyons francs. Je ne sais pas ce que vous avez bouffé avant de vous mettre au plumard mais vous m'avez tout l'air d'avoir fait ce qu'on appelle communément un mauvais rêve.

Bohort – Mais votre père, Sire…

Arthur – Mon père, il est calanché depuis un bon bout de temps et il est enterré dans la crypte avec sa couronne, son armure et tout le barda : je vois difficilement comment est-ce qu'il viendrait reprendre le pouvoir, d'autant qu'il a jamais été foutu de le garder de son vivant.

Bohort – Kaamelott est hantée, Sire !

Arthur – Mais non.

Bohort – Pendragon vient reprendre sa place !

Arthur – Mais Pendragon, sa place, ça a jamais été là ! Ça existait même pas, Kaamelott, de son temps.

Bohort – Mais pourtant, c'était lui ! Je l'ai reconnu !

ARTHUR – Mais non. Mon père il était pas ébouriffé, déjà – il avait une coupe à la con, mais c'était plutôt aplati – et puis il était pas vaporeux. Allez, au lit !

3. INT. COULOIRS – NUIT

ARTHUR a raccompagné BOHORT à la porte de sa chambre.

ARTHUR – C'est bon maintenant ? Je peux aller me coucher ?

BOHORT – Attendez, Sire ! Vous n'allez pas me laisser seul ici ?

ARTHUR – Vous êtes à votre chambre ! Qu'est-ce que vous voulez de mieux ?

BOHORT – À ma chambre… Et qui va m'accompagner jusqu'à mon lit ?

ARTHUR – Ho, mais c'est pas vrai ! Vous allez me gonfler jusqu'à quand ? Une heure, que je crapahute dans tout le château avec ma bougie ! Ça va bien, maintenant !

BOHORT – Sire ! Je vous en conjure, il ne faut pas qu'on se sépare ! Le spectre de votre père crie vengeance !

ARTHUR – Bohort, vous savez que pas plus tard que la semaine dernière en Orcanie, le Roi Loth a fait arraché la langue et les ongles d'un de ses Chevaliers parce qu'il lui avait renversé du jus de viande sur les pompes ?

BOHORT – Quel rapport avec le fantôme ?

ARTHUR – Vous ne trouvez pas que, comme souverain, je fais quand même partie des souples ? Vous me réveillez en pleine nuit – soi-disant que mon père se balade dans les couloirs –, moi, bonne pomme, je me lève, je vais voir, j'attends pendant des plombes et au bout d'un moment, quand manifestement il y a rien – parce que manifestement, il y a rien, Bohort, admettez-le ! –, je vous raccompagne jusqu'à votre porte parce que vous chiez dans vos caleçons !

Bohort *(vexé)* – Je ne chie pas dans mes caleçons, Sire ! Je vous réveille pour un cas de force majeure ! Uther Pendragon crie vengeance, vous êtes en danger !

Arthur – Non mais moi, ça va, Bohort, je vous remercie de votre sollicitude mais je vais me débrouiller.

Bohort – Vous partez ?

Arthur – Oui je pars ! Je pars me coucher, figurez-vous !

Bohort – Je vous accompagne !

Arthur – Mais il n'en est pas question !

Bohort – Je ne fais que mon devoir ! Le Roi est en danger, je lui fais escorte !

Arthur – Donc vous m'accompagnez jusqu'à ma porte et vous revenez ?

Bohort – Voilà. *(se ravisant)* Sauf que quand je reviens, il faut me raccompagner.

4. INT. COULOIRS – PLUS TARD

Bohort frappe à la porte d'Arthur, qui lui ouvre.

Arthur – Bohort, je vais vous faire mettre aux cachots.

Bohort – Attendez, écoutez-moi !

Arthur – Non mais je vous écoute ! Simplement, je vous préviens, je vous fais descendre en cabane avec un pichet de flotte et un bout de pain sec. Ça me désole mais je suis démuni. Je vois pas d'autre solution. Et puis je pense que ce serait l'occasion pour vous de réfléchir un peu à tout ça à tête reposée, de prendre un peu de recul sur les choses… Parce que, Bohort, on ne réveille pas son Roi en pleine nuit pour des conneries ! Et encore moins deux fois de suite…

Bohort – J'ai très nettement entendu des cris dans le couloir!

Arthur – Ah? Et comment expliquez-vous le fait que moi, je ne les aie pas entendus?

Bohort – Parce que vous dormiez!

Arthur – Précisément.

Bohort – Alors, qu'est-ce qu'on fait, Sire?

Arthur – Vous allez vous coucher ou je vous fais foutre au trou.

Bohort – Bon. Libre à vous de ne pas tenir compte de mes mises en garde.

Arthur – Merci bien.

Bohort – Par contre, il faut me raccompagner à ma chambre.

FERMETURE

5. INT. CHAMBRE D'ARTHUR – NUIT

Arthur s'est enfin recouché.

Guenièvre *(dans un demi-sommeil)* – Qu'est-ce que vous trafiquez depuis tout à l'heure?

Arthur – Je me tape Bohort.
  Silence.

Arthur *(se reprenant)* – Enfin, je me tape Bohort…

Guenièvre – Vous faites ce que vous voulez…

Arthur – Non mais… bref.

On frappe violemment à la porte. Arthur contient sa rage.

NOIR

Arthur *(over)* – Ce coup-là, je me le fais.

53
Le Secret De Lancelot

A. Astier

3 CORS

1. INT. SALLE DU TRÔNE – JOUR

Lancelot et Arthur lisent chacun de leur côté en attendant la prochaine visite.

Arthur *(fermant son livre)* – Ah oui, au fait… J'aurais besoin de quelqu'un pour une mission de confiance. Alors je voudrais que vous me trouviez un Chevalier qui… voyez ?

Lancelot – Un Chevalier digne de confiance ?

Arthur – Voilà.

Lancelot – Ça va pas être facile. C'est pour quoi, au juste ?

Arthur – Pour veiller sur la Reine pendant mon absence.

Lancelot – Ah bah, je vais le faire, moi…

Les deux hommes reprennent leur lecture.

OUVERTURE

2. EXT. ENCEINTE DU CHÂTEAU – JOUR

> *Guenièvre se promène. Arthur et Lancelot arrivent vers elle.*

Arthur *(à Guenièvre)* – Dites-moi mon amie, je peux vous parler, une minute ?

Guenièvre – Qu'est-ce qui se passe ?

Arthur – Rien. Qu'est-ce que… *(réalisant)* Qu'est-ce que vous faites dehors, toute seule ?

Guenièvre – Je prends l'air. C'est interdit ?

Arthur – Non… *(à lui-même)* Enfin, vous avez quand même pas grand chose à foutre. *(fort)* Bref ! Je viens de désigner Seigneur Lancelot pour veiller sur vous pendant que je m'absente.

Guenièvre *(surprise)* – Qu'est-ce que j'ai fait ?

Arthur – Comment « qu'est-ce que j'ai fait ? »

Lancelot *(la rassurant)* – Vous avez rien fait !

Guenièvre – C'est pour pas que je m'empiffre, c'est ça ?

Arthur – Mais qu'est-ce que vous me chantez ? Je vois pas le rapport !

Guenièvre – Figurez-vous que je suis assez grande pour savoir ce que je dois manger ou pas !

Arthur *(s'énervant)* – Mais je m'en fous pas mal, ça n'a rien à voir !

Guenièvre – Qu'est-ce que c'est, alors ?

Arthur – Si vous la fermez deux minutes, je vais peut-être arriver à vous le dire !

3. EXT. ENCEINTE DU CHÂTEAU – ENSUITE

Guenièvre – Me faire surveiller ? Qu'est-ce que c'est que cette nouveauté ?

Arthur – C'est pas nouveau.

Lancelot – Ça se fait.

Guenièvre – J'aimerais bien savoir où !

Arthur – Partout.

Guenièvre – Partout où ça ?

Arthur – Partout partout.

Lancelot – Calogrenant de Calédonie, quand il s'en va, il enferme sa femme dans sa chambre et il met deux gardes devant la porte.

Arthur – Voilà.

Guenièvre – Vous allez pas m'enfermer dans la chambre, quand même ?

Arthur – Mais non !

Lancelot – C'est un exemple.

Guenièvre – De toute façon, Calogrenant, c'est un abruti !

Lancelot – Surtout avec sa femme…

Arthur – Mais je sais bien, j'ai pas dit que j'allais faire pareil !

Guenièvre – Alors allez-y ! Qu'est-ce que j'ai pas le droit de faire ?

Lancelot – Vous faites ce que vous voulez !

Arthur – Voilà. *(réalisant, à Lancelot)* Enfin, attention ! Ce qu'elle veut…

Lancelot – Je veux dire, comme maintenant, quoi.

Arthur – Oui, voilà. Pas plus.

Lancelot – Non mais pas moins.

Arthur *(admettant)* – Oui, non.

Guenièvre – Alors ça change rien ?

Arthur – Ça change qu'il y a Seigneur Lancelot qui surveille, c'est tout.

Guenièvre – Bah, d'habitude, c'est plus ou moins vous.

Arthur – Oui mais là, c'est quand je m'en vais. Donc c'est pas moi. *(en parlant de Lancelot)* Il vous surveille pas quand je suis là ?

Lancelot – Ah non.

Guenièvre – Il manquerait plus que ça !

Arthur – Bon bah quand je m'en irai, ce sera plus moi, ce sera lui.

Guenièvre – Eh ben non merci. Vous êtes gentil mais j'ai rien demandé.

Arthur – Non mais c'est moi qui demande ! C'est pas vous !

Guenièvre *(ironique)* – Et quand vous partirez tous les deux, comment ça va se passer ?

Arthur *(pris de court)* – Heu… *(à Lancelot)* Oui c'est vrai…

Lancelot – On n'a pas évoqué…

Arthur *(à Lancelot)* – À la limite, on trouvera quelqu'un à ce moment-là…

Guenièvre – Vous n'allez pas me faire surveiller par tout le pays !

Arthur *(en colère)* – Je vous ferai surveiller par qui je veux ! Là !

Guenièvre – En somme, j'ai rien le droit de dire ?

Arthur – Non !

Arthur respire profondément avant d'entamer un nouveau sujet de discorde.

Arthur – Autre chose. En parlant de Calogrenant, *(à Lancelot)* comment ça s'appelle, le machin qu'il utilise, là… avec une clef ?

Lancelot – Une ceinture de chasteté.

Arthur – Voilà. *(à Guenièvre)* Donc on est en train d'en faire forger une…

Guenièvre *(outrée)* – Quoi ? Il n'en est pas question !

Arthur pousse un long soupir de lassitude.

Lancelot – Ça, c'était sûr que ça allait pas passer tout seul.

4. EXT. ENCEINTE DU CHÂTEAU – ENSUITE

Guenièvre est outrée.

Guenièvre – Je m'excuse mais je trouve ce procédé révoltant !

Arthur ne dit rien ; il tente de retrouver son calme.

Lancelot – Il faut plutôt prendre ça du côté traditionnel.

Guenièvre – Sans rire ! Me promener nuit et jour cadenassée dans un machin en ferraille !

Lancelot – C'est sûr que c'est pas très engageant.

Arthur – Justement. Il faut pas que ce soit engageant. C'est le principe.

Guenièvre – Mais de toute façon, vous me trouvez <u>pas</u> engageante ! Il y a pas besoin de ceinture !

Arthur – Non mais c'est pas moi, le problème. C'est les autres.

Guenièvre – Les autres ? Quels autres ?

Arthur – Les autres, évidemment ! Moi, je vois pas le rapport ! Quand je reviens, on l'enlève !

Guenièvre – On se demande bien pourquoi !

Arthur souffle. Lancelot sourit, jusqu'à recevoir un regard noir du Roi.

Guenièvre – Le bon côté, c'est que vous pouvez perdre la clef, ça bouleversera pas tellement vos habitudes.

Arthur – Ne changez pas de conversation, on vous dit que c'est un objet traditionnel.

Guenièvre – C'est quand même gros que ce soit moi qui me tape la ceinture alors que je dois être la seule fille de Bretagne de moins de trente ans que vous touchez pas !

Arthur – Ah, je vous en prie, hein !

FERMETURE

5. EXT. ENCEINTE DU CHÂTEAU – PLUS TARD

Lancelot et Guenièvre sont seuls.

Lancelot *(réconfortant)* – Faut pas vous en faire.

Guenièvre *(calmée)* – Non mais j'ai rien contre la tradition. S'il faut le faire, je le fais. C'est pas le problème.

Lancelot – C'est surtout pour pas que les gens commencent à dire qu'il a pas d'autorité sur vous.

Guenièvre – Je sais bien. C'est pour ça, je crie mais…

Lancelot – À la limite, ce qu'on peut faire : vous portez la ceinture la journée pour que tout le monde voie que vous l'avez, et le soir, je monte vous voir discrètement et je la déboucle, comme ça vous passez une bonne nuit.

NOIR

Guenièvre *(over, innocemment)* – C'est gentil.

54
Le Serpent Géant

A. ASTIER

3 CORS

1. INT. COULOIRS DU CHÂTEAU – JOUR

LANCELOT sort de la salle de la Table Ronde. PERCEVAL et KARADOC sont là; ils attendent leur tour.

KARADOC *(à Lancelot)* – Ça y est?

PERCEVAL – Ça s'est bien passé, ils sont contents?

LANCELOT *(déçu de lui-même)* – Oh, j'ai pas grand chose, cette semaine… J'ai sauvé un vieil homme et ses deux fils d'un incendie de forêt.

PERCEVAL *(anxieux)* – Et le Roi trouve pas ça bien?

LANCELOT – Disons que je l'ai habitué à mieux…

PERCEVAL *(rassuré)* – Ah ouais…

KARADOC – Nous, ça va, on l'a habitué à rien du tout.

OUVERTURE

2. INT. SALLE DE LA TABLE RONDE – JOUR

ARTHUR, PERCEVAL, KARADOC et PÈRE BLAISE sont installés à la Table Ronde, devant une montagne de parchemins et de grimoires. PÈRE

Blaise, plume en main, questionne Perceval et Karadoc sur une de leurs dernières épopées.

Père Blaise – Moi, à la limite, je peux le tourner comme ça *(se relisant)* : « Embarqués sur frêle esquif, Perceval et Karadoc estoquèrent le Serpent Géant du Lac de l'Ombre et revinrent glorieux festoyer aux villages alentour. »

Arthur – Ça vous va, ça ?

Perceval et Karadoc se consultent du regard.

Karadoc *(plutôt fier)* – C'est pas mal !

Perceval *(à Arthur et à Père Blaise)* – Le seul truc, c'est qu'on était pas embarqués sur frêle esquif.

Père Blaise *(s'apprêtant à corriger)* – Ah bon ? Sur quoi, alors ?

Perceval – Sur rien du tout, on est restés sur le bord. Moi, j'avais juste enlevé mes bottines.

Karadoc – On avait de l'eau jusqu'aux genoux, à peu près.

Arthur *(soupçonneux)* – Attendez, attendez… Le Serpent Géant, il est venu vous attaquer juste au bord du Lac ?

Perceval – Ah oui !

Arthur *(matérialisant cinquante centimètres avec ses mains)* – Dans ça d'eau ?

Karadoc – À peu près, oui…

Arthur et Père Blaise se jettent un regard sceptique.

Arthur *(à Perceval)* – Il était grand comment, à peu près, votre serpent géant ?

Perceval *(désignant un petit mètre avec ses mains)* – Oh, à vue de nez, il était long comme ça…

Arthur se décompose ; Père Blaise pose sa plume.

3. INT. SALLE DE LA TABLE RONDE – ENSUITE

Le ton est monté.

Perceval – Je m'excuse mais c'est justement les petits qui sont les plus durs à attraper !

Karadoc – Ils se faufilent !

Arthur – En gros, vous avez attrapé une anguille, quoi !

Père Blaise *(à lui-même, sur son parchemin)* – Je sais pas comment je vais tourner ça, moi !

Arthur *(à Karadoc et Perceval)* – Et vous allez me raconter que les villageois vous ont accueillis comme des héros ?

Perceval – Ben, ils sont infestés d'anguilles... Quand on les attrape, ça leur rend plutôt service...

Arthur *(en colère)* – Mais Bon Dieu, vous êtes pas gardes-pêche !

Père Blaise – Vous êtes censés vous inscrire dans la légende pour les siècles à venir !

Arthur – Ah oui ! Magnifique ! Ils ont estourbi une anguille ! Un bel exemple de courage pour les générations futures !

Karadoc – Bah, nous-mêmes, on a été surpris !

Perceval – On nous avait dit « le Serpent Géant... » ; nous, on s'en était fait toute une histoire !

Karadoc – Et puis, on arrive au Lac de l'Ombre, on tombe sur ça...

Perceval – On a pris ce qu'il y avait !

Père Blaise – Mais vous avez été au milieu du Lac ?

Karadoc – Ben non !

Perceval – Il y a pas eu besoin puisqu'on est tombés sur le Serpent tout de suite !

Arthur – Mais il y avait peut-être un vrai serpent géant au milieu du Lac !

Perceval et Karadoc se regardent, inquiets.

Perceval – Vous voulez dire qu'il y aurait eu deux Serpents Géants ?

Arthur – Non. Ce que je veux dire, c'est qu'à part les anguilles et la petite friture, il y avait sûrement un serpent géant mais qu'il y avait peu de chance de tomber dessus à trois pieds du bord !

Père Blaise *(à Arthur)* – Bon, en attendant, qu'est-ce que je mets, moi ?

Arthur *(découragé)* – Mais je ne sais pas !

Père Blaise *(à Karadoc et Perceval)* – Bon, de toute façon, vous allez y retourner ?

Karadoc – Où ça ?

Père Blaise – Comment « où ça ? » Au Lac de l'Ombre !

Arthur *(ironique)* – C'est juste au cas où vous auriez pas tué le bon Serpent Géant !

Perceval – Le truc, c'est que le Lac de l'Ombre, c'est plus haut que la Calédonie !

Karadoc – On a mis quarante jours, rien que pour y aller.

Perceval – Pareil pour revenir.

Arthur – Attendez, attendez… La fois où vous êtes partis trois mois, c'était ça ?

Karadoc – Ben oui !

Perceval – *La Quête du Serpent Géant du Lac de l'Ombre!*

Arthur *(à lui-même, la tête dans les mains)* – Ils se barrent en mission pendant trois mois et ils reviennent avec une anguille…

Perceval – Ah non, l'anguille, on l'a pas ramenée!

Karadoc – On l'a laissée en trophée aux villageois.

Perceval – En plus, ça pue, les anguilles!

Père Blaise *(à Arthur)* – Bon… Et ma légende, moi?

Perceval – Ben on remet celle-là à plus tard et là, vous racontez notre combat contre le Sorcier des Trois Forêts!

Père Blaise – Le Sorcier des Trois Forêts?

Arthur *(intéressé)* – Mais… vous l'avez eu, celui-là, finalement?

Karadoc – Non, on n'a pas réussi à mettre la main dessus.

Perceval – Par contre, on s'est fait voler toutes nos rations de pain par une meute de sangliers!

4. INT. COULOIRS DU CHÂTEAU – JOUR

Perceval et Karadoc sortent, penauds, de la salle de la Table Ronde. Ils tombent sur Bohort qui s'apprête à entrer, à son tour.

Perceval – Eh ben… J'espère que vous avec un truc qui vaut le coup parce qu'ils sont pas de bonne humeur!

Karadoc – Ouais… Nous, on n'a pas fait sensation.

Bohort – Vous inquiétez pas. Avec ce que je leur amène, ils auront pas perdu leur journée.

Perceval – Méfiez-vous, hein! Ils sont vraiment pas dans un bon jour!

KARADOC – Nous, on s'est pointés avec un Serpent Géant, des villageois…

BOHORT – Moi, je viens avec des combats contre les Démons, une romance impossible, la trahison d'un frère et même un Dragon !

PERCEVAL – La vache !

KARADOC – Carrément, un Dragon ?

BOHORT – Sensations garanties ! La Légende se porte bien : les jeunes enfants vont trembler pendant des siècles et des siècles !

PERCEVAL et KARADOC se regardent.

PERCEVAL *(à Bohort)* – Il faudrait qu'on parte en mission ensemble, un de ces jours !

KARADOC – Qu'on partage un peu nos expériences…

PERCEVAL *(en parlant de Karadoc et de lui-même)* – Nous, maintenant, on se connaît presque trop. À force de terrasser des monstres et des monstres…

KARADOC – Il y en a plus vraiment un qui stimule l'autre, à ce stade.

PERCEVAL – On a un peu tendance à se reposer sur nos lauriers.

FERMETURE

5. INT. SALLE DE LA TABLE RONDE – JOUR

BOHORT écoute – très ému – le récit de sa propre histoire, lu par PÈRE BLAISE. ARTHUR scrute attentivement les tournures.

PÈRE BLAISE *(lisant)* – « … alors que le grand Dragon Rouge abandonnait son trésor aux mains du héros et que la pupille de son œil pourpre lançait des éclairs de rage tout autour de lui. »

Bohort – C'est magnifique…

Arthur *(satisfait)* – C'est bien, ouais. C'est bien.

Père Blaise *(à Bohort)* – Le seul truc que je me disais, à propos de l'œil du Dragon… Il était plus pourpre ou plus cuivre ?

Bohort – Après, c'est un choix… Bleu profond, ça peut être pas mal, aussi.

Arthur – Bleu profond ?

Père Blaise – Non mais après on peut toujours tricher mais, en vrai, il était comment ?

Bohort – Comment « en vrai » ?

Bohort est pris d'un doute.

NOIR

Bohort *(over)* – Mais… attendez, il faut que ce soit vrai, tout ce qu'on dit, là ?

55
Guenièvre Et Les Oiseaux

A. Astier

3 CORS

1. INT. SALLE À MANGER – JOUR

Arthur, Guenièvre, Léodagan et Séli déjeunent.

Séli *(à Arthur)* – Vous êtes au courant que la toiture de votre château est en train de tomber en rideau ?

Léodagan – Voilà qu'elle s'occupe des charpentes, maintenant…

Séli – Je m'excuse mais pas plus tard que ce matin, j'étais assise là, il y a un oiseau comme ça qui m'est tombé dessus !

Guenièvre *(paniquée)* – Un oiseau ?

Guenièvre part en courant. Tous restent interdits.

Séli – Eh ben, qu'est-ce que j'ai dit ?

Léodagan – Une connerie…

OUVERTURE

2. INT. CHAMBRE D'ARTHUR – SOIR

Arthur et Guenièvre sont au lit.

Arthur – Je comprends pas comment on peut avoir peur des oiseaux.

Guenièvre *(angoissée)* – Ah, taisez-vous ! Rien que d'en parler…

Arthur – Qu'on ait peur des loups, à la limite… ou des Dragons… Ça, c'est rationnel, comme peur.

Guenièvre – Les loups, je suis désolée… Il y a pas que la peur d'être attaqué ! Il y a la peur du rôdeur avide, du prédateur nocturne.

Arthur – Moi, j'en sais rien, j'ai pas peur des loups. Mais bon, à la rigueur, je peux comprendre. La forêt, la nuit, le fait de pas y voir, ça peut coller les miquettes. Mais les oiseaux…

Guenièvre – Quelle horreur…

Arthur – C'est joli, en plus, les petits moineaux, les petits machins…

Guenièvre – Ce sont des monstres.

Arthur – Mais pourquoi ? Je comprends pas.

Guenièvre – Parce qu'ils n'ont pas de bras.

Arthur – Hein ?

Guenièvre – Ils n'ont pas de bras, les oiseaux. C'est affreux ! J'ai toujours l'impression qu'ils vont culbuter vers l'avant ! Ça n'a aucun sens !

Arthur – À ce compte-là, les serpents, c'est bien pire ! Ils ont pas de bras non plus, que je sache ! Ça vous angoisse pas, ça ?

Guenièvre – Les serpents, non. Ça me fait rien.

Arthur réfléchit sans comprendre.

Guenièvre – J'ai jamais dit que c'était logique !

Arthur – Ah non, vous avez bien fait.

3. INT. SALLE À MANGER – JOUR

Arthur déjeune avec Léodagan, Yvain et Séli, qui s'étonne de l'absence de Guenièvre.

Séli *(à Arthur)* – Qu'est-ce que vous avez fait de notre fille, aujourd'hui?

Arthur – Elle mange dans sa chambre.

Léodagan – Ah bah c'est élégant! Et on peut savoir pourquoi?

Arthur – Depuis que vous lui avez dit qu'il y avait des oiseaux qui tombaient du plafond, elle veut plus remettre les pieds dans la salle à manger.

Léodagan – Non mais c'est pas possible, cette histoire!

Séli – Comment j'ai fait pour élever cette gamine sans m'apercevoir qu'elle avait peur des oiseaux, moi?

Léodagan – S'il y avait que les oiseaux… Elle est à moitié givrée, de toute façon. On peut pas tout relever, non plus!

Séli – Quand même! J'aurais dû me rendre compte!

Arthur – Soi-disant que les oiseaux, c'est horrible parce que ça a pas de bras.

Léodagan – Ah non mais qu'est-ce qu'il faut pas entendre comme conneries!

Séli *(désignant Yvain)* – Celui-là, c'est pareil, j'ai pas l'impression qu'il ait quelque chose qui cloche…

Léodagan – Quoi? Bah je sais pas ce qui vous faut!

Séli – Je veux dire, comme peurs, quoi! J'ai pas l'impression qu'il en ait…

Léodagan – Bah et les guêpes?

Séli – Quoi, les guêpes?

Yvain – C'est même pas vrai!

Léodagan – Quand il y a une guêpe qui lui tourne autour, il a peur qu'elle lui rentre dans la bouche !

Yvain – Si elle pique dans la gorge on peut mourir, je vous ferais dire !

Léodagan – Du coup, il se met en apnée ! Vous vous souvenez pas de la fois chez son grand-père, il devenait tout bleu, on savait pas ce qu'il avait ?

Séli – Ah mais c'était ça ?

Yvain – Le cousin de Gauvain, il s'est fait piquer, il a fallu lui ouvrir le cou pour qu'il puisse respirer !

Séli – C'est pour ça qu'il mange aux cuisines et qu'il met pas le nez dehors pendant tout l'été !

Arthur – Entre celui-là qui mange aux cuisines et sa sœur qui mange dans sa chambre, vous avouerez que ça devient spécial…

4. INT. CHAMBRE D'ARTHUR – SOIR

Arthur et Guenièvre sont couchés. Arthur, apercevant quelque chose au bout du lit, sursaute.

Arthur – Ah ! Qu'est-ce que c'est que ça ?

Guenièvre – Quoi donc ?

Arthur – Ça, là-bas, qu'est-ce que c'est ? Vite, faites quelque chose !

Guenièvre – Mais quoi, bon sang ?

Arthur – Le truc vert, là-bas !

Guenièvre – Mais c'est mon bandeau que je mets dans les cheveux !

Arthur *(rassuré)* – Ah, la vache…

Guenièvre – Qu'est-ce que vous voulez que ce soit ?

Arthur – Non mais rien. Forcément, il est entortillé, on dirait un…

Guenièvre – Un quoi ?

Arthur – Rien, laissez tomber.

Il se retourne pour dormir.

Guenièvre – Vous auriez pas la trouille des serpents, par hasard ?

Arthur – Ça va pas, non ? Qu'est-ce que vous allez chercher ?

Guenièvre lance son bandeau sur l'épaule d'Arthur qui sursaute de peur.

Arthur – Ah !

FERMETURE

5. INT. CHAMBRE D'ARTHUR – PLUS TARD

Arthur et Guenièvre s'expliquent sur leurs peurs.

Guenièvre – Pourquoi vous me l'avez jamais dit ?

Arthur – Mais j'ai rien à dire !

Guenièvre – C'est pas grave d'avoir peur…

Arthur – Mais j'ai pas peur, merde !

Guenièvre – Je suis sûre que c'est parce qu'ils ont pas de bras !

Arthur – Mais arrêtez de dire des conneries.

Il se tourne pour dormir.

NOIR

Arthur (*over*) – Ils marchent sur leur ventre… Dans le genre flippant, je sais pas ce qu'il vous faut !

56
Le Dernier Empereur

A. Astier

3 CORS

1. INT. CHAMBRE D'ARTHUR – NUIT

Arthur et Guenièvre sont au lit. Arthur est plongé dans la lecture d'un parchemin.

Guenièvre – C'est demain que vous déjeunez avec le Centurion romain ?

Arthur – Oui.

Guenièvre *(enjouée)* – Vous pouvez pas lui demander d'apporter des narines de bouc confites au miel ? J'adore ça ! Et en plus, il paraît que c'est drôlement aphrodisiaque…

Arthur – Non mais il peut pas. Il arrive plus à en avoir… Il sait pas ce qui se passe, il peut pas en trouver.

Guenièvre *(déçue)* – Ah bon.

OUVERTURE

2. INT. SALLE À MANGER – JOUR

Arthur, Léodagan et le Centurion Caius déjeunent.

Caius – Pour la guerre, vous vous défendez. Là-dessus, je dis rien. Mais alors pour la bouffe, vous devriez venir à Rome au moins une fois pour voir comment on fait !

Léodagan *(sans lever les yeux de son assiette)* – Ouais ben partez devant, on vous suit.

Caius – Non mais le prenez pas mal !

Arthur – Vous êtes peut-être forts pour la bouffe mais pour la politesse, pardon. On vous invite à table et vous critiquez.

Caius – On m'invite… Je suis censé occuper le Pays, quand même ! Normalement, j'ai pas besoin qu'on m'invite !

Arthur – Occuper le Pays ? Non mais vous y croyez encore, à ça ?

Léodagan – Je vais vous asseoir dans une catapulte, je suis sûr qu'en visant le Colisée, j'ai mes chances.

Caius – Vous énervez pas, on parle !

Arthur – C'est fini Rome ! Terminé ! Tout le monde le sait.

Léodagan – Comment il s'appelle, votre Empereur, déjà ?

Caius – Romulus Augustus.

Léodagan – C'est ça. Et quel âge il a ?

Caius *(gêné)* – Onze ans et demi.

Léodagan – Ah, vous parlez d'une superpuissance !

Caius – Non mais il est vachement mûr pour son âge.

3. INT. SALLE À MANGER – ENSUITE

Le ton est monté ; Caius tente de soutenir la réputation de Rome.

Caius – Et les aqueducs ? C'est vous qui les avez faits, les aqueducs, peut-être ?

Arthur – Ho là là, vous allez pas nous les sortir à chaque fois, vos aqueducs !

Caius – N'empêche qu'on sait construire, nous autres. Les aqueducs, c'est quand même un peu plus classe que vos murs en merde séchée !

Arthur – Quoi ?

Léodagan – Et Kaamelott ? C'est de la merde séchée, peut-être ?

Caius – Kaamelott, d'accord, c'est pas mal foutu.

Arthur – « Pas mal foutu… » Tout en pierres d'Irlande !

Léodagan – Une merveille !

Caius – C'est quand même tout carré, il y a pas une colonne, rien ! Quand on veut faire un peu cossu, deux trois colonnes, c'est pourtant pas compliqué !

Arthur – Les colonnes, c'est les machins que vous avez piqués aux Grecs ?

Caius – Ah attention, me lancez pas là-dessus, vous savez que ça finit toujours mal !

Léodagan – De toute façon, qu'est-ce que vous leur avez pas piqué, aux Grecs ?

Arthur – Ben, les costards ! Les jupettes rouges avec les petites lamelles métalliques, ça c'est romain !

Caius *(fort)* – J'ai toujours dit que je pouvais pas supporter les jupes ! C'est l'uniforme réglementaire, j'y peux rien !

Léodagan – Ah non mais ça impressionne ! Les Ostrogoths, quand vous arrivez, ça doit leur coller les miquettes, non ?

Arthur *(annonçant)* – Centurion Caius Camilus !

Arthur fait mine de danser et fredonne un petit air, la bouche en cœur.

Caius *(triste)* – Non, c'est pas bien ce que vous faites. Vous êtes un peuple fédéré, merde ; vous me devez le respect…

Arthur – Mais on vous respecte, c'est bon. On est morts de trouille, ça vous va ?

Léodagan – Allez, mangez, ça va être froid.

Ils recommencent à manger.

Caius – Tiens, j'ai des pancréas de biche aux pruneaux dans mon char. Ça vous dit ?

Arthur et Léodagan échangent un regard écœuré.

4. INT. SALLE À MANGER – ENSUITE

La conversation se poursuit.

Léodagan – Quand même, ça vous fait pas drôle d'être dirigés par un merdeux de dix ans ?

Caius – De toute façon, on lui donne pas deux mois avant qu'il se fasse égorger. En ce moment, à Rome, c'est pas compliqué : il y a deux putschs par an.

Arthur – Il y en a qui disent que celui-là, c'est le dernier.

Léodagan – Ouais, que quand celui-là sera dézingué, Rome, on ira y visiter pour les ruines.

Caius – Nous autres, au camp, il y en a qui sont déjà en train de faire les valoches. On va peut-être rentrer chez mémé…

Léodagan – Sans blague… ?

Arthur – Vous déconnez ?

Caius – Ah et puis ce sera pas un mal! Moi, ça fait seize ans que j'ai pas vu mes gosses.

Arthur – Mais… vous allez vous faire chier, sans nous!

Caius – Vous savez ce que c'est, la consigne? Qu'avant de partir, il faut foutre le feu partout.

Léodagan – Quoi?

Caius – Comme je vous dis. Tout cramer! Mais moi, je le ferai pas…

Arthur – Ah non?

Caius – Bah non. Vous m'invitez à bécqueter, tout…

Arthur – Ben on vous invite pas puisque vous occupez le Pays…

Léodagan – Ouais, on est obligés… On se soumet à l'envahisseur!

Caius – C'est gentil mais vous fatiguez pas.

FERMETURE

5. INT. SALLE À MANGER – PLUS TARD

Arthur et Léodagan tentent de redonner le moral à leur collègue romain.

Léodagan – On a beau dire, vous, les Romains, vous vous êtes pas foutus du monde question expansion! Franchement, il y a pas si longtemps, il y avait pas un carré de terre habitable qu'était pas estampillé S.P.Q.R.!

Caius – Non mais c'est plié, ça. Plié! Toutes les bonnes choses ont une fin…

Léodagan – Mais non!

Caius – Mais si! On fait marrer tout le monde avec nos chenilles à la purée de fraises, nos couillles d'oursin aux amandes et je sais pas quelles saloperies…!

Arthur – C'est vrai que sur la bouffe, ça déconne un peu mais…

NOIR

Arthur *(over)* – Non, le reste, c'est bon !

57
Perceval Relance De Quinze

A. ASTIER

3 CORS

1. INT. TAVERNE – JOUR

PERCEVAL et KARADOC sont assis à une table ; ils boivent un verre. LE TAVERNIER arrive avec une assiette garnie.

LE TAVERNIER – Tenez, deux trois boulettes de viande pour faire passer la boisson. C'est cadeau de la maison.

KARADOC – Ah bah merci, patron…

LE TAVERNIER – J'aime bien quand vous êtes là. Les gens se sentent en sécurité… et puis la présence de grands Chevaliers, c'est prestigieux !

PERCEVAL et KARADOC, persuadés qu'on ne parle pas d'eux, cherchent alentour à qui ces compliments sont adressés.

OUVERTURE

2. INT. TAVERNE – PLUS TARD

La taverne s'est vidée. PERCEVAL et KARADOC sont les derniers clients.

KARADOC – On va vous laisser fermer, patron !

LE TAVERNIER – Pensez, vous me dérangez pas!

PERCEVAL *(finissant son verre)* – Non mais quand même, on va prendre du souci.

LE TAVERNIER – Vous voulez qu'on se fasse un Cul-de-Chouette?

PERCEVAL ne comprend pas de quoi il s'agit.

KARADOC – Ah oui, tiens! C'est pas une mauvaise idée…

PERCEVAL – De quoi?

KARADOC *(à Perceval)* – Enfin, je sais pas, c'est si vous avez le temps…

PERCEVAL – Mais le temps de quoi?

KARADOC – Ben on se fait un petit Cul-de-Chouette, vite fait et puis on rentre…

PERCEVAL – Un petit Cul-de-Chouette… mais comment vous voulez dire…?

LE TAVERNIER amène deux dés à jouer et s'assied à leur table.

LE TAVERNIER – Allez, ça nous détendra. *(donnant les dés à Karadoc)* À vous de faire.

KARADOC – C'est parti. *(jetant les dés)* Ah, je commence pas fort : un bleu-rouge.

PERCEVAL – Un bleu-rouge?

LE TAVERNIER – Eh ben quoi?

PERCEVAL – Mais c'est quoi que vous faites, là?

LE TAVERNIER – Ah, mais je suis bête! Vous devez jouer avec les règles à l'Aquitaine, vous!

PERCEVAL réfléchit quelques secondes.

PERCEVAL – De quoi?

3. INT. TAVERNE – ENSUITE

Karadoc et le Tavernier sont à fond dans la partie. Perceval est complètement largué.

Le Tavernier *(jetant les dés)* – Hop! Cul-de-Chouette!

Karadoc – C'est pas vrai! C'est plus de la chance, là!

Le Tavernier – Celle-là, plus les deux de tout à l'heure, je monte à quarante-quatre! *(à Perceval)* Qu'est-ce que vous faites, vous relancez de quinze?

Perceval *(perdu)* – De quoi?

Karadoc – C'est pas votre intérêt! Vous êtes en-dessous de plus de trente, autant tirer les dés à la normale!

Le Tavernier – Ah mais l'influencez pas!

Karadoc – S'il-vous plaît! Vous savez bien qu'avec les règles à l'Aquitaine, on joue pas au score; il a pas l'habitude.

Le Tavernier *(à Perceval)* – Bon ben allez, à vous de faire.

Perceval lance les dés. Les autres sont surpris par le score, ils retiennent leur souffle et attendent visiblement quelque chose de Perceval.

Karadoc – Eh ben?

Perceval – Eh ben quoi?

Le Tavernier – Vous dites pas « Cul-de-Chouette »?

Perceval – Cul-de-Chouette?

Le Tavernier – Voilà!

Perceval – Bon ben… Cul-de-Chouette!

Les deux autres le regardent avec étonnement.

Karadoc – Attendez, vous doublez ?

Perceval – De quoi ?

Le Tavernier – Je vous préviens avec un moins trente, la doublette, si elle passe pas, vous êtes sorti du jeu…

Karadoc – Allez-y, si vous le sentez… C'est risqué.

Le Tavernier *(tendant les dés à Perceval)* – C'est vous le patron.

Perceval tire les dés. À la mine des deux autres, le coup est raté.

Karadoc – Ouais… C'était risqué.

Le Tavernier – C'était quand même beau de le tenter.

Karadoc *(désolé, à Perceval)* – Bon ben voilà. Du coup vous sortez du jeu.

Le Tavernier – C'est la règle… C'est dommage !

Perceval – Ouais, c'est dommage, c'était drôlement bien…

4. INT. TAVERNE – ENSUITE

La partie est terminée.

Le Tavernier – Et voilà ! Allez, ce coup-ci, on va se rentrer…

Karadoc – C'est bien, une petite partie de temps en temps…

Perceval – Si on se faisait une Grelottine ?

Le Tavernier – Une quoi ?

Perceval – Une Grelottine, c'est un jeu du pays de Galles.

Karadoc – Je connais pas.

Perceval – C'est facile. On peut jouer soit avec des haricots, soit avec des lentilles. Le premier qui annonce la mise, il dit mettons « lance de seize », ou « lance de trente-deux » ou une « quadruplée », comme on appelle, c'est une lance de soixante-quatre. Parce qu'on annonce toujours de seize en seize, sauf pour les demi-coups. Là, celui qui est à sa gauche, soit il monte au moins de quatre, soit il passe il dit « passe-grelot », soit il parie qu'il va monter de six ou de sept et il peut tenter une Grelottine. À ce compte-là, il joue pas, il attend le tour d'après, et si le total des mises des deux autres suffit pas à combler l'écart, il gagne sa Grelottine et on recommence le tour avec des mises de dix-sept en dix-sept. Donc mettons, le suivant, il annonce une quadruplée – donc là elle vaut soixante-huit –, il peut contrer ou il se lève et il tape sur ses haricots en criant « Grelotte, ça picote ! » et il tente la relance jusqu'au tour d'après.

Long silence.

Le Tavernier – Le problème, c'est que j'ai ni lentilles, ni haricots.

Perceval – Ah merde…

FERMETURE

5. INT. TAVERNE – PLUS TARD

Perceval et Karadoc s'apprêtent à partir. Le Tavernier s'est retiré.

Karadoc – Dites, quand il parlait de notre prestige, tout à l'heure…

Perceval – Eh ben ?

Karadoc – À votre avis, il était sérieux ou il se foutait de nous ?

Perceval – D'un autre côté, il y a que des clodos dans son boui-boui. C'est pas compliqué d'avoir du prestige !

NOIR

Karadoc *(over)* – Moralité : pour notre prestige, on devrait passer plus de temps au milieu des clodos.

58
Le Coup D'Épée

A. Astier

3 CORS

1. INT. SOUS LA TENTE – JOUR

Arthur montre à Merlin une blessure toute fraîche : un coup d'épée à la joue. L'entaille est impressionnante. Au dehors, les combats font rage.

Merlin *(examinant la blessure de près)* – Comment vous vous êtes fait ça ?

Arthur *(agacé, ironique)* – En me coupant un bout de fromage.

Merlin – Non, sérieusement…

Arthur – À votre avis, comment je me suis fait ça ? Je m'en suis pris une, c'est tout !

Merlin – C'est pas bien joli…

Arthur *(ironique)* – Je suis vraiment désolé. Ça vous dégoûte pas trop ?

OUVERTURE

2. INT. SOUS LA TENTE – PLUS TARD

Arthur, pressé de retourner au combat, ordonne à Merlin de se dépêcher.

Arthur – Allez, hop! Vous m'enlevez ça vite fait et j'y retourne!

Merlin – Vite fait, vite fait… Déjà, il faut que je nettoie…

Arthur – De quoi?

Merlin – Ben oui et puis après, il faudra peut-être recoudre…

Arthur – Mais qu'est-ce que vous me chantez? Vous faites comme d'habitude! Vos jérémiades, là, vous racontez vos conneries, vous invoquez le Dieu de ci, le Dieu de mi, tac! ça se referme et c'est fini! Allez!

Merlin – Ah non mais attendez, c'est les anciennes méthodes, ça… On soigne plus comme ça, maintenant.

Arthur – Ah non?

Merlin – Ah non! Toutes ces vieilleries celtiques, ça vaut plus un radis. C'est des machins de péquenauds! Place à la science!

Arthur – Ça change quoi?

Merlin – Ça a rien à voir. Maintenant, il y a des produits, des soins, il y a une période de convalescence… Là, vous allez rester au lit pendant cinq ou six jours, le temps que ça cicatrise.

Arthur *(agité)* – Au lit pendant cinq ou six jours? Vous vous foutez de moi? Dans trente secondes, je suis dehors!

Merlin prépare un grosse piqûre.

Arthur – Qu'est-ce que vous faites?

Merlin – Je vais vous injecter un petit relaxant. Là, vous êtes un peu à cran. C'est normal, c'est le choc.

> *ARTHUR se saisit de la seringue et la plante dans le bras de MERLIN.*

ARTHUR – Ah bah ouais, il faut faire gaffe avec les mecs à cran…

3. INT. SOUS LA TENTE – ENSUITE

> *ARTHUR fait tout ce qu'il peut pour presser MERLIN mais celui-ci subit les effets du relaxant.*

ARTHUR – Magnez-vous le train de me soigner, je vous dis que ça urge! Les autres sont en train de se faire dérouiller!

MERLIN *(comme ivre)* – Vous venez de m'inoculer une demi-bouteille de relaxant, comment voulez-vous que je me dépêche?

ARTHUR – Vous voulez pas me jeter un sort à l'ancienne, juste pour cette fois? On verra après, la science!

MERLIN – Dans cet état-là, je jette rien du tout! C'est beaucoup trop dangereux! Et puis, c'est plus la mode, je vous ai dit. Maintenant, tout se calcule. D'abord, où est-ce que vous avez mal?

ARTHUR – Je vais vous en coller une, vous le saurez, où vous avez mal, vous!

MERLIN – Il faut au moins que je désinfecte! Une plaie ouverte, c'est un vrai nid à merde!

ARTHUR – Mais je sais bien, c'est vous qui voulez pas refermer!

MERLIN – Je veux bien refermer mais pas à la Magie! Avec du fil tressé et une aiguille à matelas.

ARTHUR – J'ai pas le temps de faire de la broderie maintenant! On est en train de se prendre une peignée!

MERLIN – Le plus rapide, c'est de désinfecter au gros sel.

Il se saisit d'une poignée de gros sel.

ARTHUR – Au gros sel ? Mais qu'est-ce que c'est que ces conneries ? Vous me prenez pour une épaule d'agneau ?

MERLIN – C'est la science ! Par contre, vous vous inquiéterez pas, ça pique un peu.

Il applique le gros sel sur la plaie d'ARTHUR qui étouffe un cri de douleur. Il souffre atrocement.

MERLIN – Oui, c'est désagréable, hein ?

ARTHUR – Mais enlevez-moi ça, espèce de taré !

MERLIN – Mais… Ça a pas eu le temps de faire effet…

ARTHUR lui donne une gifle.

ARTHUR – Et ça, ça fait effet ? Enlevez-moi ça ou je vous coupe en deux !

MERLIN balance un seau d'eau au visage d'ARTHUR.

MERLIN – Si vous supportez pas le traitement, on va pas s'en sortir !

4. INT. SOUS LA TENTE – ENSUITE

ARTHUR n'a plus aucune trace de sa blessure, il est parfaitement guéri. Il éponge les dernières coulées de sang sur sa joue.

ARTHUR – Sans rire, vous trouvez pas que c'est quand même plus simple ?

MERLIN – C'est pas une question de simple ou pas simple, la Magie, ça fait ringard. C'est tout.

ARTHUR – Mais c'est un avantage considérable sur les autres, vous vous rendez pas compte ! On se fait couper les deux bras, on vient vous voir, cinq minutes après, on retourne se mettre sur la gueule. Mettez-vous à la place des ennemis, c'est désespérant.

Merlin – N'empêche qu'en société, quand vous dites que vous êtes Druide, vous passez pour un gros con de la campagne. C'est quand même un signe !

Arthur – Mais avec vos machins modernes, là, il y a les boules de feu, aussi ? Les pluies de pierres ? Vous pouvez faire tomber la foudre ?

Merlin – Ah non. Mais il y a des trucs super… la posologie, par exemple. Il faut pas se planter dans les dosages sinon il y a des effets secondaires… C'est ultra-précis ! Des fois, il y a des malades, ils se font soigner pour un tout petit truc, ils meurent quand même à cause de la posologie !

Arthur – Moi, je serais vous, je me méfierais de la mode. Franchement, un truc où il faut rester une semaine au plumard à chaque fois qu'on se coupe, ça tiendra jamais la longueur !

Merlin – Vous croyez ?

Arthur – Évidemment. Comment vous dites que ça s'appelle ?

Merlin – La Médecine.

Arthur lève les yeux au ciel en souriant.

Arthur – Qu'est-ce qu'ils vont pas chercher…

FERMETURE

5. INT. SOUS LA TENTE – PLUS TARD

Perceval se fait examiner par Merlin. Il présente une profonde entaille au front.

Merlin – Comment vous vous êtes fait ça ?

Perceval – En me coupant un bout de fromage.

Merlin – Non, sérieusement…

Perceval – J'étais en pause, je cassais une graine, tac ! Le couteau qui ripe. *(soupirant)* J'ai jamais de bol en campagne, moi. Déjà, l'autre fois, contre les Vikings…

NOIR

Perceval *(over)* – Une salope d'abeille qui vient me piquer juste à côté de l'œil !

59
La Jupe De Calogrenant

A. Astier

3 CORS

1. INT. CHAMBRE D'ARTHUR – NUIT

Arthur et Guenièvre sont au lit. Arthur parcourt un parchemin.

Guenièvre – Je voulais vous demander, il y a jamais de femmes à la Table Ronde ?

Arthur – Non.

Guenièvre – Je vois. Je suppose que c'est le genre d'endroit où il faut parler fort et se taper dans le dos !

Arthur – Non non.

Guenièvre – Ah bon ? Alors pour quelle raison est-ce que les femmes n'ont pas le droit d'être là ?

Arthur – J'ai jamais dit qu'elles avaient pas le droit d'être là. Vous voulez venir ?

Guenièvre *(surprise)* – Ah non…

OUVERTURE

2. INT. SALLE DE LA TABLE RONDE – JOUR

La réunion de la Table Ronde s'apprête à débuter. Calogrenant semble bouder.

Arthur – Écoutez, Calogrenant, vous allez pas tirer la tronche pendant toute la séance, si ?

Calogrenant – Je suis désolé, j'ai jamais subi une humiliation pareille.

Arthur – Je comprends bien mais c'est quand même pas de notre faute, à nous !

Calogrenant – Sans vouloir vous manquer de respect, c'est de la faute à ces saloperies de voies romaines, avec leurs pavés à la con !

Karadoc – Vous vous êtes fait mal, en tombant ?

Calogrenant – C'est pas le problème de se faire mal, c'est que je suis tombé le cul dans une flaque et que j'ai tout le bas de l'armure qui s'est mis à rouiller. Au bout de cinq ou six lieues, je pouvais plus arquer.

Bohort – Mais pourquoi est-ce que vous mettez votre armure pour chevaucher de Calédonie jusqu'ici ? Vous devriez vous trouver une petite tenue de voyage confortable. Une petite étoffe en lin ou quelque chose…

Calogrenant – Un Chevalier, c'est en armure. Pour chevaucher, pour se battre, pour se présenter au Roi de Bretagne à la Table Ronde… Il y a un minimum de prestige à observer !

Bohort – Là, du coup, pour le prestige…

Perceval *(à Calogrenant)* – Levez-vous, encore un coup…

Calogrenant – Non.

Perceval – Allez, levez-vous.

Calogrenant refuse.

Arthur – Bon bah, levez-vous…

Calogrenant se lève, il est jambes nues.

3. INT. SALLE DE LA TABLE RONDE – ENSUITE

La réunion est bloquée.

Père Blaise – Moi, je peux pas laisser continuer la séance comme ça, je suis désolé.

Arthur – Mais on s'en fiche, franchement! C'est sous la table, on voit rien.

Père Blaise – Non mais là… Pourtant, vous allez pas dire que je suis à cheval sur les principes! Mais point de vue chasteté, on a quand même un Chevalier sur huit qui est cul nu!

Calogrenant – Je n'ai jamais été aussi humilié de ma vie.

Père Blaise – Je suis désolé, messire Calogrenant. C'est pas contre vous…

Calogrenant – Trouvez-moi une autre armure!

Lancelot – Une autre armure… Chacun a la sienne, pas plus. À part notre Roi qui en a plusieurs…

Calogrenant – Sire, prêtez-moi une paire de jambières, qu'on en finisse!

Arthur – Ah non.

Calogrenant – Non?

Arthur – Non, enfin, non… C'est personnel, ça. En plus…

Calogrenant – En plus…?

Arthur – En plus vous avez rien dessous, c'est dégueulasse, excusez-moi!

Calogrenant – J'ai une hygiène irréprochable!

Arthur – Non mais n'insistez pas, c'est non. C'est quand même pas de ma faute si vous êtes tombé dans une flaque!

Karadoc – Et s'il se couvrait les jambes avec quelque chose ?

Calogrenant – Avec quoi ?

Lancelot – Une étoffe, par exemple. Quelque chose qui vous rende chaste. *(à Père Blaise)* Ça irait, une étoffe ?

Père Blaise – Ben, ça fait pas bien Chevalier mais… point de vue chasteté, je vois rien à redire.

Calogrenant *(en colère)* – Si je tenais le saligaud de bâtard de Romain qui a inventé ces imbécillités de voies romaines, je lui ferais bouffer tous les pavés jusqu'en Calédonie !

Arthur *(à Calogrenant)* – Alors, on part pour un linge, ça vous convient ?

Calogrenant – Est-ce que j'ai le choix ?

Père Blaise – Attendez ! Non mais je dis une connerie, moi. Le linge, ça va pas, il faut que ce soit une armure. Ou au moins une tenue officielle.

Calogrenant – Une tenue officielle… Vous n'avez qu'à considérer que je suis officiellement cul nu.

Père Blaise – Non mais une tenue officielle et chaste. Désolé, il me faut les deux.

4. INT. SALLE DE LA TABLE RONDE – ENSUITE

On a apporté à Calogrenant une étoffe à motifs écossais qu'on a posée devant lui sur la Table Ronde.

Arthur – Bon bah allez-y. Qu'on en finisse.

Calogrenant – J'en reviens pas…

Arthur – Nous non plus mais on va pas passer trois mois là-dessus. Enroulez-vous ça autour des jambes et on enchaîne.

Calogrenant se lève et s'entoure les jambes avec l'étoffe, qui lui fait une sorte de jupe.

Calogrenant – Voilà, vous êtes satisfaits ?

Arthur – Parfaitement satisfaits.

Père Blaise – Ben moi, pas tellement, excusez-moi de la ramener.

Karadoc – Ben quoi, c'est chaste !

Père Blaise – C'est chaste mais c'est pas officiel. La Table Ronde, c'est pas un bal costumé, merde !

Arthur – Alors qu'est-ce qu'il faut faire ?

Calogrenant *(toujours debout)* – Moi, il me semble que j'en ai déjà fait beaucoup !

Arthur – Des solutions, moi j'en vois qu'une : vous décrétez que la jupe à motifs est la tenue officielle de Calédonie.

Calogrenant – Quoi ? Vous voulez que j'humilie ma terre natale pour une connerie d'armure rouillée ?

Arthur – C'est un ordre.

Père Blaise – Bon, je note : « La jupe, tenue officielle, Calédonie. » C'est bon, on peut débuter la séance.

Calogrenant – Je crois que je vais vomir.

FERMETURE

5. INT. CHAMBRE D'ARTHUR – NUIT

Arthur et Guenièvre sont couchés. Arthur lit.

Guenièvre – C'est gentil d'avoir tenu compte de mes remarques. Je suis très touchée.

Arthur – J'ai tenu compte de vos remarques, moi ?

Guenièvre – Ben oui. Tout à l'heure, je vous ai vus sortir de la Table Ronde, tous. Il y avait une femme parmi vous. C'est magnifique.

Arthur – Ah non, c'est Calogrenant en tenue officielle calédonienne.

Guenièvre – Ah bon… Et votre tenue officielle, à vous, c'est une jupe aussi ?

Arthur – Non.

NOIR

Arthur *(over)* – Je suis pas une gonzesse, moi.

60
Le Prodige Du Fakir

A. ASTIER

3 CORS

1. INT. SALLE DE LA TABLE RONDE – JOUR

ARTHUR et PÈRE BLAISE discutent.

ARTHUR – Qui c'est qui vient faire son rapport, là ?

PÈRE BLAISE – Votre neveu et votre beau-frère.

ARTHUR – J'ai pas de beau-frère.

PÈRE BLAISE – Bah si, le frère de votre femme.

ARTHUR – Le frère de ma femme ? *(réalisant)* Ah oui, putain ! le frère de ma femme…

PÈRE BLAISE – Bah oui. C'est votre beau-frère.

ARTHUR – Oui, oui… J'arrive pas à l'intégrer, celui-là.

OUVERTURE

2. INT. SALLE DE LA TABLE RONDE – PLUS TARD

YVAIN et GAUVAIN sont venus faire leur rapport au Roi. PÈRE BLAISE s'apprête à tout consigner par écrit.

Gauvain – À ce moment-là, une horde d'Hindous est sortie de derrière les habitations et s'est mise en travers du chemin.

Arthur – Une horde d'Hindous ?

Gauvain – Oui, mon oncle ! Trois féroces guerriers et un Sorcier maléfique !

Arthur – Mmh… Alors déjà, quand on tombe sur quatre kikis, on dit pas une horde.

Gauvain – Ah ? On dit quoi ?

Arthur – On dit quatre.

Père Blaise *(à part, à Arthur)* – Des Hindous ? Qu'est-ce qu'ils foutaient là, ceux-là ?

Arthur – Si, ça peut arriver… Avec la Route de la Soie, des fois, il y en a deux-trois qui se pointent… *(aux deux autres)* Comment vous le savez que c'étaient des Hindous ?

Père Blaise – Ils avaient des éléphants ?

Yvain – Non mais les chevaux étaient tout chelous… Des trucs énormes, tout gris avec la queue plantée au milieu de la tête !

Père Blaise – Ouais, des éléphants.

Arthur – Bah ouais, alors, c'étaient peut-être des Hindous…

Gauvain – Et à un moment, le sorcier s'est mis à nous menacer avec ses parties génitales.

Arthur et Père Blaise sont perplexes.

3. INT. SALLE DE LA TABLE RONDE – ENSUITE

Les jeunes Chevaliers continuent leur exposé.

Yvain – Il avait une touffe de cheveux comme ça ! Un vieux moisi tout *guez* à poil dans la neige !

GAUVAIN – Des clous de trois pouces plantés dans la langue, mon oncle!

PÈRE BLAISE *(à Arthur)* – C'est un Fakir, ça…

ARTHUR *(aux deux autres)* – Alors je vous envoie en mission de repérage pour le Graal dans le nord de la Gaule et vous trouvez le moyen de tomber sur un Fakir, vous!

GAUVAIN – Quelle horreur! On étaient bloqués: les guerriers nous empêchaient de fuir!

YVAIN – C'est là que le Sorcier a sorti son bâton.

PÈRE BLAISE – Son bâton de Sorcier?

YVAIN – Non, un petit bâton comme ça… Mais c'était flippant quand même! S'il nous le lance dans les yeux…

GAUVAIN – Il criait! Il nous insultait en hindou, c'était terrifiant!

ARTHUR – Comment vous savez qu'il vous insultait? Vous parlez hindou, vous, maintenant?

GAUVAIN – Il avait l'air très en colère!

YVAIN – Et après, il a enroulé sa *quique* autour du bâton.

PÈRE BLAISE – Quoi?

GAUVAIN – Oui, mon oncle, c'est la stricte vérité!

YVAIN – Il enroulait, il déroulait, il enroulait, il déroulait…

GAUVAIN – Afin de l'assouplir, probablement!

ARTHUR – Qu'est-ce que vous nous chantez?

GAUVAIN – Et ça a duré cinq bonnes minutes, au moins!

YVAIN – Nous, on savait pas bien où se mettre…

GAUVAIN – Et après, il a soulevé des poids, avec.

ARTHUR – Comment ça « Il a soulevé des poids… »?

Gauvain – De toutes sortes… Il a commencé petit et puis de plus en plus lourd…

Père Blaise – Mais avec quoi, il soulevait des poids ?

Yvain – Avec sa couille.

Gauvain – Les poids étaient attachés à des bouts de cordelette et… et il les soulevait.

Arthur – Mais qu'est-ce qu'il vous voulait, à vous ?

Yvain – Ben, c'est ça qu'on a pas bien compris…

Gauvain – Parce que ça a bien duré une demi-heure !

Yvain – Et puis de le voir tripoter ça comme ça, je vous raconte pas la gerbe !

4. INT. SALLE DE LA TABLE RONDE – ENSUITE

Gauvain et Yvain continuent leur récit.

Gauvain – Là, il s'est arrêté de soulever des poids et il s'est enfoncé un clou énorme dans la cuisse.

Père Blaise – Ça, c'est normal pour un Fakir. Ils se transpercent d'un bout à l'autre avec des épées et ça saigne pas.

Yvain – Ah bah là, ça saignait ! Ça pissait le sang, même !

Gauvain – Oui, d'ailleurs, à voir l'affolement des autres, je pense qu'il a dû y avoir un problème…

Yvain – Il tenait un chiffon sur sa jambe et il gueulait sur les autres en même temps…

Père Blaise – Bon et puis ? Quand est-ce que les combats ont commencé ?

Yvain – En fait, il y a pas vraiment eu de combats…

Gauvain – À un moment, on a cru qu'ils nous attaquaient avec une corbeille.

Yvain – Ouais, c'est un des autres qui s'est ramené vers nous avec une petite panière en osier.

Gauvain – À y repenser, je me demande s'il ne sollicitait pas de notre part une contribution pécuniaire…

Yvain – C'est ce que je me suis dit aussi, à un moment. Comme les montreurs d'ours quand ils passent le chapeau.

Gauvain – Si j'avais su, j'aurais donné…

Un temps.

Yvain – Ouais, en tout cas, c'était bien flippant.

Arthur et Père Blaise sont dépités.

FERMETURE

5. INT. SALLE DE LA TABLE RONDE – PLUS TARD

Arthur et Père Blaise sont restés seuls ; ils tentent de rédiger l'épopée des deux jeunes Chevaliers.

Père Blaise – À la limite, je peux mettre qu'ils ont rencontré des Hindous… *(soupirant)* Non, même pas…

Arthur – Peut-être que si vous forcez sur le côté exotique, le côté mystère, tout ça… Non ?

Père Blaise – Ben non, je suis désolé, je peux pas faire une légende avec un vieux qui enroule sa bite sur un bâton.

Arthur – Bon ben laissez tomber, tant pis.

Père Blaise – En plus, je sais même pas comment ça se dit, en latin…

Arthur – Quoi ? « Bite » ?

NOIR

Père Blaise *(over)* – Non, « Fakir ».

61
Un Bruit Dans La Nuit

A. ASTIER

3 CORS

1. EXT. TENTE DE COMMANDEMENT – SOIR

ARTHUR et LÉODAGAN sont autour d'une carte stratégique.

LÉODAGAN – Bon, allez. Moi, je vais me coucher, je tiens plus en l'air.

ARTHUR – OK. Moi, je reste un peu pour finir.

LÉODAGAN – Attendez, ça va! Ça fait trente heures que je suis debout, je peux peut-être aller m'allonger deux minutes, non?

ARTHUR – Mais j'ai rien dit!

LÉODAGAN – Ouais, genre: « Je reste un peu pour finir… » Sous-entendu: « Il y a que moi qui bosse! » C'est pas ça?

ARTHUR – Non.

LÉODAGAN – Ah bon. Bah… bonne nuit, alors.

ARTHUR – À demain.

LÉODAGAN – Voyez? « À demain »… Qu'est-ce que ça veut dire: « À demain »?

OUVERTURE

2. EXT. TENTE DE COMMANDEMENT – PLUS TARD

Bohort, encore emmitouflé dans ses couvertures, a rejoint Arthur.

Arthur *(les yeux sur la carte)* – Mais de quoi vous voulez parler ?

Bohort – Je ne sais pas… De tout et de rien…

Arthur – Vous feriez mieux d'aller dormir, Bohort. L'assaut est programmé à l'aube, vous allez avoir les yeux au milieu de la figure.

Bohort – Je n'arrive pas à m'assoupir, Sire. Tous ces bruits autour de nous, c'est à mourir d'épouvante.

Arthur – C'est rien, ça. Des bestioles.

Bohort – Des bestioles, oui, justement ! Je ne vois pas ce que ça a de rassurant !

Arthur – Écoutez, Bohort, on est dans la forêt, il y a des bestioles, c'est comme ça.

Bohort – Après, bien sûr, tout dépend de quelles bestioles !

Arthur – Quelles bestioles, j'en sais rien, moi… Un peu de tout.

Bohort – Des lapins ?

Arthur *(perdant patience)* – Oui, Bohort. Oui, si vous voulez, des lapins.

Bohort – De minuscules lapereaux mignons et inoffensifs qui se chamaillent probablement dans les fougères ! Sont-ils cocasses, ces chers petits…

Arthur – Voilà. Soyez tranquille ; allez vous coucher.

Une série de bruits de feuilles et de grognements porcins se fait entendre.

Bohort *(faisant des efforts)* – Vous avez vu, je n'ai pas crié…

Le grognement revient. Bohort hurle.

Bohort – À moi !

3. EXT. TENTE DE COMMANDEMENT – ENSUITE

Bohort est toujours là.

Arthur *(las)* – Oui, Bohort, effectivement, ce serait vous mentir que de dire qu'il n'y a que des lapins dans la forêt.

Bohort – Quoi d'autre, alors ?

Arthur – Mais tout ! C'est une forêt, quoi !

Bohort – Des faisans ?

Arthur – Oui… Enfin, j'en sais rien… Sûrement, oui. Pourquoi pas ? des faisans.

Bohort *(paniqué)* – Il y en a ou il y en a pas ?

Arthur – Mais vous m'emmerdez ! Qu'est-ce que j'en sais, moi ? Je suis pas garde-chasse ! Et puis qu'est-ce que ça peut foutre, de toute façon ? Vous avez pas peur des faisans, si ?

Bohort – Ah si !

Arthur – Des faisans ?

Bohort – Ah oui ! Vous avez vu la taille de ces machins ?

Arthur – Mais… C'est des oiseaux, Bohort !

Bohort – Des oiseaux de quatre pieds de long ! Je m'excuse du peu mais je trouve ça parfaitement terrifiant !

Arthur – Ah oui, alors là, effectivement, c'est pas gagné.

Bohort – Un faisan blessé, il paraît qu'il n'a plus peur de l'homme et qu'il peut venir vous picorer !

Arthur – Eh ben mettons qu'il y a pas de faisans.

Bohort – Vous dites ça pour me rassurer…

Arthur – Non. Tenez… Ici, c'est le territoire de chasse du Seigneur Dagonet. Et le Seigneur Dagonet, les bestioles qu'il chasse, il les empaille et il les expose chez lui. Eh ben voilà : je ne me souviens pas avoir vu de faisans empaillés chez Dagonet.

Bohort – Alors qu'est-ce que vous avez vu, comme bêtes empaillées ?

Arthur – Des lapins.

Bohort scrute Arthur une seconde.

Bohort – Des lapins adultes ?

Arthur – Heu… Non, maintenant que vous me le dites, surtout des jeunes.

Bohort – Des jeunes lapins.

Arthur – Voilà.

Bohort – Et quoi d'autre ?

Arthur – Non, je me souviens surtout des lapins. Des jeunes lapins.

Au loin, un loup hurle. Bohort est pétrifié.

Arthur – Bon, d'accord. Ça, c'est peut-être un lapin adulte.

4. EXT. TENTE DE COMMANDEMENT – ENSUITE

La conversation est de plus en plus cafouilleuse entre Arthur et Bohort.

Arthur – Vous voulez vraiment pas aller vous coucher ?

Bohort – J'irai me coucher quand vous m'aurez juré qu'il n'y a, dans cette forêt, pas d'animal plus dangereux que le lapin adulte !

ARTHUR – Je jure, voilà! Vous êtes content? À part le lapin, adulte, il n'y a rien de dangereux dans cette forêt!

BOHORT – Pas de faisans?

ARTHUR – Pas de faisans.

BOHORT – Pas de belettes?

ARTHUR – Non.

BOHORT – Des petits furets?

ARTHUR – Non plus.

BOHORT – Des souriceaux?

ARTHUR – Pas que je sache.

BOHORT – Des gerbilles?

ARTHUR – Mais non.

BOHORT – Une petite gerbille?

ARTHUR – Non, rien du tout.

BOHORT – Bon.

LÉODAGAN arrive emmitouflé, lui-aussi, dans des couvertures. Il porte une épée ensanglantée à la main.

LÉODAGAN – Eh ben, qu'est-ce que vous bricolez à cette heure? Vous roupillez pas?

ARTHUR – On discute.

BOHORT – De choses et d'autres.

ARTHUR – Et vous?

LÉODAGAN – M'en parlez pas! Je pars pisser, pan! Un ours d'une toise et demie qui me tombe sur le râble!

BOHORT *(souriant)* – Non, non. C'était un lapin adulte.

LÉODAGAN – Ah non. Un ours.

BOHORT, sans perdre son sourire, s'évanouit.

5. EXT. TENTE DE COMMANDEMENT – PLUS TARD

> *Bohort est remis de ses émotions. Il sirote une boisson chaude tandis qu'Arthur et Léodagan s'efforcent de le rassurer.*

Léodagan – Quand je dis un ours, c'est pour frimer. C'était dans le noir, j'ai pas bien vu…

Arthur – C'était sûrement un lapin.

Bohort – Un lapin adulte ?

Léodagan – Je sais pas… En même temps, il était pas bien grand. Peut-être un ado…

Arthur – Entre deux âges, mettons.

Bohort *(à Léodagan)* – C'était pas un faisan, quand même !

Arthur et Léodagan – Mais non !

NOIR

Léodagan *(over)* – Si j'étais tombé sur un faisan, je serais pas en train de me la péter comme ça !

62
Feu L'Âne De Guethenoc

A. Astier

3 CORS

1. INT. COULOIRS – JOUR

Arthur et Lancelot s'apprêtent à entrer dans la salle du Trône pour une séance de doléances.

Arthur – Beaucoup de doléances, aujourd'hui ?

Lancelot – Pas mal, oui. Plus d'une douzaine de cas.

Arthur *(après une seconde)* – C'est une connerie, cette histoire de doléances.

Lancelot – Comment ça, Sire ?

Arthur – Bah vous dites : « Venez, vous pouvez vous plaindre au Roi ! », les mecs, ils sont pas cons : ils viennent, ils se plaignent.

Lancelot admet.

OUVERTURE

2. INT. SALLE DU TRÔNE – JOUR

Arthur et Lancelot écoutent les doléances de Guethenoc, aujourd'hui accompagné d'un autre paysan : Roparzh.

Guethenoc *(à Arthur)* – Vous me connaissez, Sire. C'est pas mon genre de venir chougner dès que j'ai un cor au pied ! Mais là, on est arrivés à un stade où si c'est pas vous qui tranchez, ce sera moi. *(désignant Roparzh)* Et moi, ce sera à coups de bêche dans la tête.

Roparzh *(à Arthur)* – Moi, j'étais d'avis de régler ça à l'amiable, Sire ! *(désignant Guethenoc)* C'est cette bestiole-là qui veut rien entendre ! Moi, je suis pour la diplomatie.

Guethenoc *(à Arthur)* – Il m'a zigouillé mon âne ! Vous trouvez ça diplomate, vous ?

Roparzh *(à Arthur)* – Un regrettable accident, Sire… C'est un animal qui avait l'habitude de venir brouter sur mon pré ; il se trouve que mes chiens lui sont tombés dessus… Il faut les comprendre, ils font leur travail !

Lancelot – Bon, on va pas passer deux heures sur un âne ! Guethenoc, je suppose que vous demandez une compensation…?

Guethenoc – Un peu ! Un joli petit âne courageux et travailleur, si vous aviez vu ça, Seigneur Lancelot…

Lancelot – Roparzh ?

Roparzh – Ah moi, tout ce qui est solution amicale, je vous ai dit, je suis pour. Par contre, les compensations, je préfère vous le dire, il peut se les mettre en pendentif.

3. INT. SALLE DU TRÔNE – ENSUITE

Le ton monte.

Guethenoc *(à Arthur)* – Ah attention, il va arriver un moment où il y des granges qui vont se mettre à flamber, il faudra pas demander d'où ça vient !

Roparzh *(à Arthur)* – Vous inquiétez pas, Sire. J'ai l'habitude de gérer les petites querelles de voisinage. Mes chiens à moi, ils visent les noix, direct.

Arthur – Dites-moi, Guethenoc, il y a juste une chose… Comment se fait-il que votre âne se soit retrouvé sur le pré de votre voisin ? C'est pourtant pas la place qui manque, chez vous !

Guethenoc – C'était un joli petit âne pas sauvage pour deux ronds, Sire. Je le laissais un peu se promener…

Roparzh – Et puis le bestiau – pas folle la guêpe ! – c'est chez moi qu'il radinait ! Parce que vous avez pas vu mon pré, Sire, *(désignant Guethenoc)* mais vous avez surtout pas vu le sien ! *(avec dégoût)* Tout boueux, des trous comme ça, de la merde partout…

Arthur – Alors que chez vous… ?

Roparzh – Ah bah on parle pas de la même chose… Moi, je connais mon métier. *(désignant Guethenoc)* C'est pas compliqué, faites une visite chez lui, vous verrez ! Il y a un signe qui trompe pas : toutes ses bêtes sentent la pisse. Et puis fort ! Déjà quand vous passez devant son portail, ça vous prend au museau, là… Non, c'est pas du boulot !

Guethenoc – Je suis dans l'agriculture, moi ! Je suis pas parfumeur ! En attendant, les produits qui sortent de ma ferme, on se les arrache ! C'est pas le cas de tout le monde ! *(désignant Roparzh)* Vous verriez ses fromages, à lui ! Des petits machins noirs tout ramassés – pour les couper, il faut les balancer contre des pierres –, un truc à vous coller une chiasse de tous les diables !

Roparzh *(fort, à Guethenoc)* – Personne vous demande d'en manger !

Guethenoc – Encore une chance !

Lancelot – Bon, silence ! Roparzh, est-ce que vous avez un âne ?

Guethenoc – Des ânes ? Il a que ça ! Tout le tour du ventre !

Roparzh *(méfiant, à Lancelot)* – J'ai quelques ânes, oui… Pourquoi ?

Lancelot – Vous pourriez en donner un à Guethenoc, par exemple.

Roparzh *(outré)* – Quoi ? Vous voulez rigoler !

Guethenoc – Ce serait pourtant la moindre des choses !

Roparzh – Mais Seigneur Lancelot, il avait au moins soixante-quinze ans, le sien ! Il était déjà à moitié crevé !

Guethenoc – Une bête magnifique ! Le poil luisant !

Roparzh – Tout mité, bourré de puces, les chicots moisis !

Guethenoc – Un museau racé, l'œil vif !

Roparzh – Une saloperie !

Guethenoc – Une merveille !

Roparzh – Je suis sûr que mes chiens ont chopé le typhus !

Lancelot *(se levant)* – Stop !

4. INT. SALLE DU TRÔNE – ENSUITE

La discussion s'embourbe. Arthur arrive au bout de sa patience.

Roparzh *(à Arthur, désignant Guethenoc)* – Un âne comme le sien, ça vaut à peine la moitié d'un des miens.

Arthur *(las)* – Eh ben donnez-lui la moitié d'un âne.

Guethenoc et Roparzh se regardent sans comprendre.

Roparzh – Qu'est-ce que vous voulez dire, Sire ?

ARTHUR *(soupirant)* – Vous me dites : « Ça vaut la moitié… », vous prenez un âne, vous le coupez en deux et vous lui donnez.

LANCELOT *(discrètement à Arthur)* – Sire, vous êtes sérieux ?

ROPARZH *(intimidé)* – Mais… je vais pas couper un âne en deux…

GUETHENOC – Qu'est-ce que vous voulez que je foute d'une moitié d'âne ?

ARTHUR *(se levant, très en colère)* – Et moi ? Qu'est-ce que vous voulez que je foute de vos conneries ? Une heure et demie que je me farcis la sérénade ! Et « mon âne » et « mes chiens » et « mes poules »… Merde ! Là !

ARTHUR saisit une poignée de pièces dans sa bourse et la jette à GUETHENOC.

ARTHUR – Voilà ! Vous pouvez vous en payer cent cinquante, des ânes, avec ça ! Vous êtes content ? Alors maintenant, cassez-vous ! Allez, déblayez !

Les deux paysans s'en vont, apeurés. GUETHENOC a tout de même réussi à ramasser quelques pièces d'or. ARTHUR s'assied et se calme.

ARTHUR *(à Lancelot)* – Je suis désolé.

LANCELOT – Sans vouloir critiquer, Sire, on est plutôt censés faire office d'arbitres…

ARTHUR – Je sais, je sais. J'ai arbitré un peu sec…

FERMETURE

5. INT. COULOIRS – JOUR

ARTHUR et LANCELOT, après avoir pris une courte pause, s'apprêtent à pénétrer à nouveau dans la salle du Trône. Ils boivent un verre tout en discutant.

Arthur – Qu'est-ce que c'est, la prochaine doléance ?

Lancelot – C'est un jeune paysan des environs qui a perdu des œufs.

Arthur *(s'assurant qu'il a bien entendu)* – Qui a perdu des œufs ?

Lancelot – Non mais en grande quantité, apparemment… En tout cas, ça l'inquiète.

Arthur dodeline de la tête.

NOIR

Arthur *(over)* – C'est pas top-prestige, en ce moment, les doléances.

63
Goustan Le Cruel

A. ASTIER

3 CORS

1. INT. SALLE À MANGER – JOUR

ARTHUR, GUENIÈVRE, LÉODAGAN et SÉLI reçoivent GOUSTAN, le père de LÉODAGAN, à déjeuner.

GOUSTAN *(énervé par le repas)* – Qu'est-ce que vous pouvez bouffer, en Bretagne! Pas étonnant que vous vous traîniez comme des limaces sur les champs de bataille!

LÉODAGAN – Combien de fois j'ai voulu mettre à mort le cuisinier, père, *(désignant Arthur)* c'est celui-là qui est toujours intervenu!

ARTHUR – Ici, c'est chez moi, si je veux dézinguer mon cuisinier, je suis assez grand pour le faire tout seul.

GOUSTAN *(fier)* – Chez nous en Carmélide, des cuisiniers, il en meurt deux par semaine. Pas vrai mon fils?

LÉODAGAN – Vrai!

Le père et le fils rient.

OUVERTURE

2. INT. SALLE À MANGER – PLUS TARD

Le repas se poursuit.

Goustan – Dites-donc, Sire Arthur, excusez-moi de vous déranger pendant votre digestion mais qu'en est-il au juste de la venue de l'héritier ?

Séli – Alors là, beau-père, vous vous engagez sur un terrain glissant !

Guenièvre – Ben, non, on y pense…

Léodagan – On se ruine le gosier à leur crier sur tous les tons, père ! Il y a jamais rien qui se profile ! On est découragés.

Goustan – Je comprends qu'une fois qu'on a deux livres de viande sur l'estomac, on doit pas être bien actif dans la chambre à coucher ! Ça doit ronfler à en faire craqueler le joint des murs !

Arthur – Non mais attendez, Seigneur Goustan, il y a pas le feu au lac, si ? J'ai pas quatre-vingt-dix ans, que je sache ! Je peux peut-être gouverner encore un peu avant d'être complètement sénile !

Séli – Et si vous crevez sur un champ de bataille ? On est marron !

Goustan – Vous inquiétez pas pour ça… Planqué derrière trois rangées d'archers, on risque pas grand chose. On a le temps de finir ses tartines !

Guenièvre – Grand-père, je vous assure, les enfants sont une chose dont nous parlons régulièrement…

Goustan – C'est pas en parlant que vous les ferez venir, ma petite-fille ! Il faut se secouer un peu les miches ! *(à Arthur)* À moins que vous n'ayez les noyaux atrophiés, confits dans la graisse…

Arthur pose ses couverts avec agacement.

3. INT. SALLE À MANGER – ENSUITE

Goustan continue à prodiguer ses conseils.

Goustan – Et quand vous les aurez, ces enfants, méfiez-vous de toutes ces imbécillités modernes! *(écœuré)* Les gentillesses, les caresses, les petits câlins et je ne sais quelle connerie! Les enfants, il faut les détester. C'est comme ça qu'ils deviennent hargneux!

Guenièvre – Oh bah quand même… un petit bisou de temps en temps…

Léodagan – C'est avec des petits bisous que vous comptez en faire des Chefs d'État?

Arthur – Attendez, moi, j'ai été élevé par un fermier, il m'adorait. Je vois pas où est le problème!

Goustan – C'est justement parce que vous avez été cocolé par une lopette de jardinier que vous gouvernez comme une femme!

Léodagan *(à Séli)* – Tenez, c'est le mot que je cherchais : il gouverne comme une femme.

Séli – Qu'est-ce vous voulez… Quand il se prendra une dague dans le dos par un traître, il se dira peut-être qu'il aurait dû être plus ferme…

Goustan *(fier)* – Regardez mon fils Léodagan, j'ai passé ma vie à lui dire que c'était un trou-du-cul, résultat : il me succède au Trône de Carmélide et tout le monde l'appelle « Léodagan le Sanguinaire ». C'est quand même quelque chose!

Arthur – Ah bon? Je croyais que c'était vous « le Sanguinaire »…

Goustan – Non, moi c'est « Goustan le Cruel ».

Arthur – Ah ouais, « le Cruel ». Pardon.

Goustan *(souriant)* – Et vous, à ce qu'on m'a dit, c'est « Arthur, le Juste ». C'est ridicule ! Pourquoi pas « le Bon » ou « le Sympathique », tant qu'on y est ?

Léodagan *(riant avec son père)* – Ou alors « le Mou » ou « le Gentillet » !

Goustan et Léodagan rient.

Guenièvre – Je suis désolée mais mon mari est très respecté ! Le monde entier vient nous rendre visite !

Goustan – Le monde entier vient visiter votre fillette de mari parce que c'est une attraction mondiale !

4. INT. SALLE À MANGER – ENSUITE

Arthur continue de se faire réprimander.

Léodagan *(à son père)* – Ça fait des années que je lui répète de monter des tourelles sur la côte ouest ! Pas moyen !

Séli – Les envahisseurs ont des jolies routes toutes tracées ! Il y a même des panneaux d'indication, s'ils se perdent en route !

Léodagan – C'est la porte ouverte à la menace !

Goustan – Il a déjà fait pareil pour les Romains. Il compte peut-être pactiser avec toutes les raclures du continent ?

Arthur – Alors, je vais être clair : moi, on m'appelle peut-être pas « le Sanguinaire » ou « le Cruel » ou « l'Assassin » ou « le Dégénéré » mais les Romains ont fédéré la Bretagne avant que j'arrive et, depuis qu'ils sont là, on a les routes, les aqueducs, la médecine, les écoles…

Guenièvre – On a même un théâtre !

Goustan *(outré)* – Un théâtre ! Voilà qu'il se prend pour un Grec, maintenant !

Léodagan – Ce serait que de moi, j'aurais fait raser ce machin depuis longtemps pour y mettre une caserne!

Séli – Ah non, quand même, pas le théâtre! Je sais qu'on s'y fait chier mais bon…

Guenièvre – Père! Je vous interdis de toucher au théâtre!

Goustan – Et voilà… la fille et la femme qui interdisent au père… La décadence est en marche.

FERMETURE

5. INT. SALLE À MANGER – PLUS TARD

Goustan se surprend à être amer à propos de son pays.

Goustan – Le problème en Carmélide, c'est la chute démographique… Tout le monde fout le camp.

Guenièvre – À force de couper la tête à tout le monde pour un oui ou pour un non…

Léodagan – On a toujours fait comme ça!

Séli – Du coup, ça se dépeuple, faut admettre que c'est logique.

Goustan – Je me demande quand même bien où ils vont, tous ces empaffés de paysans…

Arthur – Ils viennent ici.

NOIR

Arthur *(over)* – Entre « le Sanguinaire » et « le Juste », ils ont choisi.

64
Le Chaudron Rutilant

A. ASTIER

3 CORS

1. INT. TAVERNE – JOUR

PERCEVAL s'adresse au TAVERNIER.

PERCEVAL *(tapotant sa pinte vide sur la table)* – Tavernier! Le petit frère et je m'en vais!

LE TAVERNIER *(OFF)* – Ça marche!

PERCEVAL – Vite, je suis à la bourre!

LE TAVERNIER *(arrivant avec une pinte)* – C'est quoi, aujourd'hui?

PERCEVAL – Je sais plus… « Le Chaudron je-sais-pas-quoi… » Encore un fourbi magique à aller chercher!

LE TAVERNIER – Le Chaudron quoi?

PERCEVAL – « Le Chaudron… » Non, je sais plus. C'est magique. De toute façon, ça va finir à la cave, alors…

OUVERTURE

2. INT. CAVERNE – JOUR

ARTHUR et PERCEVAL ont fait une pause dans le souterrain de la grotte pour consulter la carte.

Perceval – Sire ?

Arthur – Quoi ?

Perceval – Qu'est-ce que c'est, déjà, le machin qu'on vient chercher ?

Arthur – Le Chaudron Rutilant.

Perceval – Ah, voilà. Je savais que c'était « le Chaudron de-quelque-chose » mais je me souvenais pas du reste.

Arthur – J'espère que c'est ici, quand même… *(regardant autour de lui)* Sur la carte, ils mettent qu'il y a une salamandre dessinée sur une pierre, eh ben… je la trouve pas !

Perceval – Qu'est-ce que ça veut dire, déjà, « rutilant » ?

Arthur – « Rutilant », c'est « qui brille beaucoup ».

Perceval – Ah ouais. C'est un chaudron qui brille.

Arthur – Oui enfin, il brille pas tout le temps ! Il brille quand on déclenche le Sort d'Appel ; c'est comme ça qu'on va le repérer dans le noir, d'ailleurs.

Perceval – Parce qu'on va balancer un sort, là ?

Arthur – Oui ! Enfin, on va lire le parchemin magique – sans aucune erreur – et le chaudron, tac ! il se met à briller. C'est quand même pas mal, ça !

Perceval – Ah ouais, super. *(inquiet)* Mais quand vous dites « le parchemin », ça a rien à voir avec celui que vous m'avez donné ce matin… ?

Arthur – Si, c'est celui-là !

Perceval – Ah, d'accord. Parce que je l'ai oublié à la taverne, en fait.

3. INT. TAVERNE – JOUR

Perceval s'est fait servir.

Perceval *(tenant son parchemin)* – Trois lieues à pied rien que pour ça!

Le Tavernier – Qu'est-ce qu'il y a marqué, dessus?

Perceval – J'en sais rien, je sais pas lire… Puis je m'en fous pas mal, j'aime autant vous dire!

Le Tavernier – Vous pouviez pas faire sans?

Perceval – Soi-disant que non! Que ça déclenche des machins magiques, que sans ça, on se fait désintégrer et je sais plus quelle connerie…

Le Tavernier – Ça a l'air drôlement précis, quand même!

Perceval – Ah mais c'est au poil de cul, attention! Et puis il faut pas le lire de travers, le bazar… parce qu'il paraît que si on saute un mot ou qu'on bafouille, on est cramé sur place!

Le Tavernier – Mais je croyais que vous saviez pas lire…

Perceval – C'est pas moi qui dois le lire mais c'est pour vous dire la saloperie que c'est! Moi, j'ai un cousin, il bosse avec les mecs qui ont chopé la peste, eh ben il y a des jours, je me demande si moi, c'est pas encore plus dangereux!

Le Tavernier – Oui mais vous, il y a le prestige!

Perceval – Le prestige? Aller chercher un chaudron dans une cave, vous appelez ça du prestige, vous?

Le Tavernier – « Un chaudron… » Attendez, vous allez pas chercher une gamelle pour la soupe à l'oignon, quand même!

Perceval – Mais ça change quoi? Il va finir au débarras, le machin! Je connais le truc! On en a tout le tour du ventre, de ces merdes! Des Boucliers de Destruction, des Hallebardes de Métamorphose; on a même un tabouret, quand on s'assoit dessus, on se retrouve sur un autre tabouret dans une taverne dans le Languedoc!

Le Tavernier – Dans le Languedoc ?

Perceval – Ouais ! « Le Siège de Transport », qu'ils appellent. En plus, comme par hasard, c'est moi qui l'ai essayé en premier ! Deux semaines et demie plus le bateau, que ça m'a pris pour revenir ! Parce que j'avais pas compris qu'en me rasseyant dessus, ça me ramenait de l'autre côté… Et à l'arrivée, je me suis fait mettre une chasse parce que j'avais ramené l'autre tabouret et que, soi-disant, il aurait fallu le laisser là-bas… Pourtant, ils marchent toujours, les tabourets ! Mais ils sont l'un à côté de l'autre, alors voilà, ça fait pas le même effet.

Le Tavernier – Dites, je veux pas vous mettre à la lourde mais…

Perceval – Ouais, allez, encore un petit pour la route et je file parce que vous allez voir que je vais encore me prendre une danse.

4. INT. CAVERNE – JOUR

Arthur et Perceval avancent dans le souterrain de la grotte.

Perceval – Sire, qui est-ce qui le lit, le parchemin ? C'est vous, ou c'est moi ?

Arthur – Bah, c'est moi, a priori…

Perceval – Ah, très bien ! Je préfère.

Arthur – Mais je croyais que vous saviez pas lire, de toute façon…

Perceval – C'est pour ça ; si c'est vous, c'est mieux ! Surtout qu'il faut pas se tromper…

Arthur – Ah non… là, il faut pas se tromper, non.

Perceval – C'est pour ça… Moi, en plus, j'y connais rien, à la magie !

Arthur – Moi non plus, j'y connais rien ; il y a pas besoin, avec un parchemin. On le lit, ça marche, c'est tout.

Perceval – Si on se trompe, on se fait désintégrer ! C'est pour ça, je lis jamais rien… C'est un vrai piège à cons, cette histoire. En plus, je sais pas lire, alors…

Arthur – Bon allez ! passez-moi le parchemin. Je vais lancer le sort.

Perceval – Vous êtes sûr ? Vous allez pas regretter ?

Arthur – Allez, dépêchez-vous ! Passez-moi le parchemin, vite !

Perceval – Ah ouais mais non, ça va pas…

Arthur – Quoi qui va pas ?

Perceval – Je l'ai encore oublié à la taverne.

FERMETURE

5. INT. TAVERNE – JOUR

Perceval parle au Tavernier.

Perceval *(tenant son parchemin)* – Ah, il m'aura fait chier jusqu'au bout, celui-là !

Le Tavernier – Moi, je vous l'ai mis de côté, personne y a touché.

Perceval – Et allez, maintenant, il faut que je reparte !

Le Tavernier – Un petit pour la route ?

Perceval – Ouais mais vite fait, hein !

NOIR

Perceval *(over)* – Parce que vous allez voir qu'il va encore trouver que je lambine !

65
La Visite D'Ygerne

A. ASTIER

3 CORS

1. INT. CHAMBRE D'ARTHUR – NUIT

ARTHUR et GUENIÈVRE sont couchés. GUENIÈVRE lit distraitement un parchemin tandis qu'ARTHUR, visiblement inquiet, est dans ses pensées.

ARTHUR – Vous oubliez pas que c'est demain que ma mère arrive ?

GUENIÈVRE *(sans quitter son parchemin des yeux)* – Ça fait quinze fois que vous me le répétez. Arrêtez de vous inquiéter : tout est prêt pour la recevoir.

ARTHUR – Mais je m'inquiète pas…

ARTHUR replonge dans ses pensées.

ARTHUR – Demain, vous ferez gaffe à votre coiffure ? Parce qu'aujourd'hui, c'était un peu… Avec ma mère, faut que ce soit carré, ça.

GUENIÈVRE soupire d'agacement en posant son parchemin.

OUVERTURE

2. EXT. ENCEINTE DU CHÂTEAU – JOUR

Ygerne et Arthur cheminent côte à côte en direction du château, suivis de la garde.

Ygerne – Alors c'est ça, Kaamelott? *(observant alentours)* Intéressant…

Arthur – Vous savez, mère, vos appartements vous attendent : vous venez vivre ici quand vous voulez.

Ygerne *(méprisante)* – Qu'elles sont claires, ces pierres!

Arthur – Ça vient d'une carrière du pays de Galles, comme celles de Stonehenge. Je me suis dit que ça ferait ton sur ton…

Ygerne – Vous n'avez pas peur que ça fasse un peu tape-à-l'œil?

Arthur *(souriant)* – Tape-à-l'œil? Je sais pas… Vous trouvez ça vulgaire?

Ygerne *(réfléchissant)* – Vulgaire, oui. Mais pas seulement…

Arthur *(accusant le coup)* – Bon. Vous devez avoir faim, on va peut-être passer à table?

Ygerne – C'est à cette heure-ci qu'on mange, chez vous?

Arthur – Comment ça « chez moi »? On mange quand on a faim! À quelle heure vous mangez, à Tintagel?

Ygerne – À Tintagel, on mange quand on l'a mérité. Quand on sait qu'on a accompli ses Commandements avec humilité et qu'on a glorifié sa famille.

Arthur – Ah ouais… Non, nous, on mange quand on a faim.

3. INT. SALLE À MANGER – JOUR

> *Arthur, Ygerne, Guenièvre, Léodagan et Séli sont réunis autour d'un repas. Ygerne n'a pas touché à son assiette.*

Arthur – Vous mangez pas, mère ?

Ygerne – Tout ça est beaucoup trop riche pour moi.

Guenièvre – Si c'est le jus qui vous dérange, vous êtes pas obligée de saucer.

Ygerne – Ce qui me dérange, c'est l'opulence, la profusion… Du temps de votre père, avec ce qu'il y a dans mon assiette, on nourrissait dix soldats.

Léodagan – Du temps de son père, c'était la famine. Je peux vous dire que j'ai bien connu !

Séli – Je vois pas le rapport. Maintenant, la bouffe, il y en a.

Guenièvre – Du coup, je vois pas pourquoi on se priverait.

Ygerne *(à son fils)* – Et c'est engorgé de sauce et de vin romain que vous menez vos hommes au front ?

Arthur *(mal à l'aise)* – Ben… Disons que quand je pars en campagne, j'essaie d'éviter les laitages…

Guenièvre – On lui fait préparer des petites galettes d'avoine qu'il emporte dans son barda.

Ygerne *(méprisante)* – Au cas où il aurait une petite faim-faim ?

Léodagan *(souriant, à Arthur)* – Dites, votre mère, c'est pas une rigolade ! *(suggérant un carré avec ses mains)* Votre éducation, ça a dû être…

Ygerne – C'est pas moi qui l'ai élevé. Ça se voit…

Arthur – Bon, ça vous embête si on parle d'autre chose ?

YGERNE – Franchement, quand je vous regarde, j'ai peine à croire que le sang de Pendragon coule dans vos veines.

LÉODAGAN *(à lui-même)* – C'est vrai que c'était un sacré, le papa. Fallait pas venir lui souffler dans les narines! Vous lui marchiez sur le pied, il vous crevait un œil!

ARTHUR – J'ai pas connu.

YGERNE – Ça se voit.

GUENIÈVRE – C'est triste, quand même, de pas connaître son père…

ARTHUR – Ben j'en ai eu un, de père… Un père adoptif, quoi…

YGERNE – Un fermier.

ARTHUR – Il était pas que fermier, il était Chevalier aussi.

YGERNE – Un Chevalier-fermier?

LÉODAGAN – Il était plus fermier que Chevalier, quand même.

ARTHUR – Bon bah ça va, maintenant! Pendragon, Pendragon… Il était sûrement très bien mais il était mort! C'est quand même pas ma faute! Alors arrêtez de me faire chier!

Il tombe sur le regard noir de sa mère.

ARTHUR – Excusez-moi, c'est parti tout seul.

4. INT. SALLE À MANGER – ENSUITE

L'atmosphère est à couper au couteau. ARTHUR mastique sa viande sans lever les yeux de son assiette.

GUENIÈVRE *(à Arthur)* – Ben qu'est-ce qui vous arrive, ce soir? Vous picorez…

Arthur – Rien, ça va.

Guenièvre – Ça vous plaît pas ? Vous voulez que je vous fasse préparer autre chose ?

Arthur *(dur)* – Ça va, je vous dis.

Guenièvre – C'est pas la peine d'être désagréable ! Si vous êtes mal luné, vous n'avez qu'à aller vous coucher !

Arthur ne répond rien.

Ygerne *(à son fils)* – Et vous vous laissez parler comme ça ? Du temps de Pendragon…

Arthur *(d'un coup très en colère)* – Merde avec Pendragon ! Vous allez pas me le resservir toutes les cinq minutes jusqu'à demain, si ? Pendragon… *(singeant sa mère)* « Il fallait pas lui parler comme ci, il aurait jamais accepter ça, quand on lui marchait sur le pied, il vous crevait un œil… » Eh ben moi, quand on me marche sur le pied, on me dit « pardon » et je réponds « c'est pas grave. » Je suis pas une espèce de gros taré à qui on peut jamais rien dire ! Et entre parenthèses, la Quête du Graal, c'est à moi, qu'on l'a refilée ! Pendragon, à part jouer les caïds, il a jamais été foutu d'en mettre une dans le panier. Alors foutez-moi la paix avec ce con et mangez ce qu'on vous a mis dans votre assiette !

Un silence pesant s'installe dans la pièce.

Léodagan *(à Ygerne)* – Vous mettez combien de temps, d'ici à Tintagel ?

Ygerne – Avec des chevaux frais, il faut compter un jour et demi.

Guenièvre – J'aurais dit moins loin, moi.

Ygerne pique timidement un morceau de viande dans son assiette. Léodagan lui tend la corbeille de pain.

FERMETURE

5. INT. CHAMBRE D'ARTHUR – NUIT

Arthur et Guenièvre sont au lit. Arthur est en pleine lecture.

Guenièvre – Vous avez pas envie de parler ?

Arthur – Si, si vous voulez... Parler de quoi ?

Guenièvre *(tournant sa phrase)* – Je pensais à votre mère...

Arthur – Eh ben ?

Guenièvre – Je me disais... Vous pensez pas qu'il faudrait qu'elle se trouve quelqu'un ?

NOIR

Arthur *(over)* – Ouais, non en fait, j'ai pas envie de parler.

66
Les Clandestins

A. ASTIER

3 CORS

1. INT. COULOIRS – JOUR

LANCELOT croise BOHORT qui porte un seau.

LANCELOT – Qu'est-ce que vous avez là-dedans, Seigneur Bohort ?

BOHORT – Ce sont des prunes que j'ai mises à glacer sur le rebord de la fenêtre hier soir. *(lui tendant une prune gelée piquée sur un bâton)* Vous en voulez une ?

LANCELOT *(ironique)* – Oui, merci. Je la mangerai pendant que je me creuse la tête pour trouver une solution aux guerres des Clans et aux invasions saxonnes.

BOHORT – Très bien. Allez, courage !

Il s'en va. LANCELOT lance un regard méprisant vers BOHORT, jette la prune et s'en va.

OUVERTURE

2. INT. TAVERNE – JOUR

ARTHUR, LÉODAGAN, PERCEVAL et KARADOC, transis de froid, se sont réfugiés dans l'auberge. Ils tentent de masquer leur visage pour ne pas être reconnus.

Perceval – On est quand même mieux là!

Arthur – La ferme!

Karadoc – Sire, on pouvait pas rester dehors avec cette température!

Léodagan – Pour une fois, ils ont raison… C'était un coup à y rester!

Arthur – C'est bon, maintenant on est au chaud alors fermez-la! J'ai pas envie qu'on nous reconnaisse!

Perceval – Ouais mais nous on est connus ici, on vient tout le temps!

Arthur – Je ne veux pas qu'on sache que le Roi Arthur et ses Chevaliers de la Table Ronde se torchent la gueule à la taverne du coin! Alors cachez vos visages et bouclez-la! On attend que la neige s'arrête et on repart!

Le Tavernier arrive.

le Tavernier – Ces messieurs… Qu'est-ce qui leur ferait plaisir?

Arthur – Quatre laits de chèvre.

Léodagan *(déçu)* – Oh… Quand même.

le Tavernier – Qu'est-ce qu'ils ont à garder leurs manteaux, les voyageurs? Ils ont froid?

Perceval *(feintant)* – On peut pas montrer nos visages parce qu'on a la lèpre.

Arthur et Léodagan se regardent. Karadoc lève le pouce discrètement pour féliciter l'invention de son ami.

3. INT. TAVERNE – ENSUITE

Arthur et ses Chevaliers attendent que le froid s'apaise. Léodagan soupire.

Arthur – Qu'est-ce que vous avez à souffler sans arrêt, beau-père ? Vous allez nous faire repérer !

Léodagan – J'aime pas le lait.

Karadoc – Moi non plus.

Perceval – Moi non plus.

Arthur – Ah, la barbe !

Léodagan – Puisqu'on se cache de toute façon, on peut bien boire ce qu'on veut !

Arthur – On va pas passer commande sur commande pendant toute la soirée ! Je vous dis que je veux pas qu'on se fasse remarquer ! Déjà qu'on a été obligés d'expliquer pendant une heure qu'on était pas lépreux !

Léodagan – Bon bah on passe commande une fois pour toutes et c'est bon.

Karadoc – Je commande, alors…

Arthur – Non, pas vous !

Karadoc – Pourquoi ?

Arthur – Parce qu'il connaît votre voix, il va faire le rapprochement… Ni vous, ni Perceval. Léodagan, vous êtes jamais venu ici ?

Léodagan – Non.

Arthur – Alors allez-y, commandez. Mais vite !

Léodagan – Dites, s'il connaît pas ma voix, il connaît pas ma gueule, non plus. Je vois pas pourquoi je continuerais à me planquer comme un repris de justice.

Il ôte son capuchon.

Arthur – Qu'est-ce que vous faites ?

Léodagan *(au Tavernier)* – Patron ! Quatre hydromels, une miche de pain et un fromage de brebis !

Le Tavernier *(de loin)* – Ça marche!

Léodagan *(à Arthur)* – Voyez? Il me reconnaît pas.

Arthur – Mais maintenant, on a l'air de quoi, nous autres, avec nos capuches?

Léodagan – Ben enlevez-les!

Arthur – Non! Les Chevaliers au bistrot, c'est le déshonneur!

Perceval – Ben, nous, on fréquente l'établissement depuis l'âge de quinze ans… Ça fait un bail qu'on est déshonorés!

Karadoc – Du coup, un peu plus, un peu moins…

4. INT. TAVERNE – ENSUITE

Léodagan, Karadoc et Perceval ont enlevé leur capuche. Seul Arthur persiste encore à se masquer le visage. Le Tavernier arrive.

Le Tavernier – Et voilà! La collation maison.

Karadoc – Merci, patron.

Le Tavernier *(à Karadoc et Perceval)* – J'avais pas vu que c'était vous, tout à l'heure. *(désignant Arthur)* Qu'est-ce qu'il a le copain?

Léodagan – Il boude.

Le Tavernier – Il boude? Pourquoi?

Arthur *(à Léodagan)* – Ah bravo! *(au Tavernier)* C'est rien. Je suis pas dans mon assiette, ça va passer.

Le Tavernier – Il veut un autre lait?

Arthur – Non merci.

Le Tavernier – Une infusion, pour vous détendre?

Arthur – Non merci.

Le Tavernier – Un grog?

Arthur – Non, sans façon.

Le Tavernier – S'il veut du chaud, je peux lui brasser trois œufs dans une poêle…

Arthur – Non !

Perceval – Enlevez au moins votre capuchon si ça va pas. Vous serez plus à l'aise…

Arthur soupire.

FERMETURE

5. INT. TAVERNE – PLUS TARD

Arthur s'est décidé à révéler son visage.

Léodagan – Voyez, finalement, il vous reconnaît pas non plus.

Arthur – Ou alors, il m'a reconnu et il ose rien dire… Et quand on sera sortis, il lancera la rumeur !

Léodagan – Mais vous faites pas de souci…

Le Tavernier arrive.

Le Tavernier – Est-ce qu'il leur faut autre chose, aux voyageurs ?

Arthur – Non, merci.

Perceval – Heu, Sire… Ça vous embête si je reprends une part de fromage ?

Le Tavernier – Pourquoi il vous appelle Sire ?

Arthur est dépité.

NOIR

Arthur *(over)* – Il m'appelle pas Sire, il m'appelle Si… ril. Cyril. C'est mon prénom.

67
La Kleptomane

A. ASTIER

3 CORS

1. INT. COULOIRS – JOUR

ARTHUR croise KARADOC dans les couloirs.

ARTHUR – Qu'est-ce que vous foutez là, vous ?

KARADOC *(cherchant sur lui)* – Je crois que je me suis fais piquer un truc.

ARTHUR – Piquer un truc ? Par qui ?

KARADOC – Je suis pas sûr… Mais bon, je croise votre nouvelle maîtresse dans le couloir – je dis pas que c'est elle –, j'avais une crêpe aux champignons, pas moyen de remettre la main dessus !

OUVERTURE

2. INT. SALLE À MANGER – JOUR

ARTHUR et LÉODAGAN déjeunent en tête-à-tête.

LÉODAGAN – Tiens, ça me fait penser… L'autre jour, je descends aux cuisines – je sais plus ce que je foutais, j'avais pris la dalle – pour demander à l'autre gros con de me faire des tartines. Je débarque là-dedans : personne. J'appelle, je commence à gueuler : pas un rat dans *c'te* cuisine. Et puis comme c'était quand même deux heures du mat', je me suis dit : « Qu'ils aillent chier, tous, je vais me servir tout seul. » J'ouvre les placards, je racle un peu dans les coins et je finis par dénicher un reste de terrine et un bout de pain.

Arthur – Merde, j'espère que vous avez une chute à tout ça parce que l'intro est comac !

Léodagan – Laissez-moi finir, je vais perdre le fil ! « Une fois n'est pas coutume, que je me dis, je vais becqueter dans la cuisine. » Et allez, je m'assois et j'entame la tortore. Et juste à ce moment-là – accrochez-vous…

Arthur – Ah bah, je m'accroche, je fais que ça ! vous pouvez me croire !

Léodagan – Votre nouvelle maîtresse – la jeune, là… mauvais genre, malpolie…

Arthur – Azénor.

Léodagan – Ouais, voilà ! Cette machine-là débaroule du fond de la pièce – elle devait être planquée depuis le début, j'en sais rien – elle arrive à ma hauteur, tac ! elle attrape ma terrine, mon pain et elle se fout le camp par le couloir du fond !

Arthur *(peu surpris)* – Aïe…

Léodagan – Disparue ! Désintégrée avec ma bectance ! Qu'est-ce que vous dites de celle-là ?

Arthur – Ben, je sais pas…

Léodagan – Le plus chiant, c'est que la loi est formelle à propos des voleurs à la tire. Vous allez pas être embêté avec une maîtresse qui a plus de mains ?

3. INT. SALLE À MANGER – PLUS TARD

Arthur, Azénor et Léodagan sont à table.

Azénor – Je suis désolée, j'ai toujours tout piqué, c'est comme ça.

Léodagan – « C'est comme ça… » Eh ben nous, on a un système judiciaire implacable, c'est comme ça, pareil !

Azénor – Là d'où je viens, c'est dès qu'on marche, qu'on apprend à voler sa bouffe ! Sinon, on survit pas.

Arthur – Non mais là d'où vous venez, c'est une chose, mais maintenant que vous habitez Kaamelott, vous êtes plus une mendiante !

Azénor *(vexée)* – Jamais, j'ai mendié ! Pas une seule fois !

Léodagan – Ah bah non, ça fait clodo ! Tandis que voler, bon ben… ça reste un genre.

Azénor – C'est digne !

Arthur – Attendez, on va reprendre depuis le début. Quand je vous ai demandé de devenir ma maîtresse…

Azénor – Ça aussi, on pourrait y revenir…

Arthur – Oui ben on y reviendra plus tard, c'est pas le sujet !

Léodagan – Quand ce sera le sujet, je me permettrai de glisser une remarque ou deux. Parce que sans vouloir critiquer, vos maîtresses – alors je dis pas que ça doit être des marquises à chaque fois – mais vous pourriez quand même éviter de les recruter chez les bandits !

Arthur – Les bandits ? C'est une fille de paysan !

Azénor – Et alors ? Vous voulez passer quinze jours à la ferme de mes vieux, pour voir ? Je vous préviens, ça va vous changer d'ici ! À force de bouffer des orties et des racines, on se retrouve toujours à piquer des poulets sur le marché ! C'est fatal.

Léodagan – La pente du crime. *(à Arthur, désignant Azénor)* Ah, vous pouvez vous vanter de savoir les choisir !

Arthur – Mais je les choisis pas selon leurs origines, figurez-vous! Je fais pas de l'élevage de Setters!

Léodagan – Selon quoi, alors?

Arthur – Mais je ne sais pas! C'est une histoire de…

Léodagan – Si vous me dites « d'amour », je vous préviens, je me casse.

Azénor – Ah, moi aussi!

Arthur – Tout ce que je veux dire, c'est que maintenant que vous avez largement de quoi bouffer, arrêtez un peu le tir parce que depuis que vous êtes arrivée, les larbins des cuisines se prennent deux trempes par jour à cause de la bouffe qui disparaît.

Azénor – Ça va, je ferai ce que je peux.

Elle se lève et sort.

Léodagan – Non mais vous avez été clair, faut reconnaître.

Arthur – C'est une fille très bien. Il suffit de lui… *(regardant sa main)* Ah, la salope! elle m'a tiré ma bague!

Léodagan vérifie qu'il ne s'est pas lui-même fait voler.

4. INT. SALLE À MANGER – PLUS TARD

Arthur et Azénor sont seuls.

Azénor – Je suis désolée, j'ai pas fait exprès.

Arthur *(remettant sa bague)* – Celle-là, je peux pas vous la laisser…

Azénor – Mais j'en veux pas!

Arthur – Si vous n'en voulez pas, foutez-lui la paix!

Azénor – J'ai pas le droit de prendre la bouffe, je peux pas toucher aux bijoux… Moi, j'en ai marre de me faire servir! Je suis pas une grosse bourge comme votre femme!

Arthur – Ah, laissez ma femme en dehors de ça, vous serez gentille!

Azénor – Je peux pas vivre comme ça! Moi, ce que je bouffe, je le vole ou je le bouffe pas!

Arthur sourit.

Azénor – Qu'est-ce que vous avez à sourire? Vous vous payez ma tête?

Arthur – Mais non.

Azénor – Alors quoi?

Arthur – Rien…

Azénor – Mais si!

Arthur – J'aime bien votre côté… Vous êtes toujours…

Il lui prend la main.

Azénor *(souriante)* – C'est vrai, vous trouvez pas ça insupportable?

Arthur – Mais non. *(il lui embrasse la main)* Je gueule mais… *(constatant une pression à sa main)* Non mais n'essayez pas de me la repiquer, maintenant! Ça va!

Azénor – Je suis désolée.

Arthur est désemparé.

FERMETURE

5. INT. COULOIRS – JOUR

Arthur croise Karadoc dans les couloirs.

Arthur – Vous êtes encore là, vous?

Karadoc – Non mais en fait, c'était pas votre maîtresse – je viens de la croiser, là, je me suis excusé… La crêpe, elle était tombée dans l'escalier derrière. *(portant la main à son gambison)* Parce que je les coince toujours par là et… *(soudain très inquiet)* Merde…

Arthur – Qu'est-ce qu'il y a ?

NOIR

Karadoc *(over)* – Je suis pas fou, j'avais un flan aux quetsches !

68
Le Pain

A. Astier

3 CORS

1. INT. COULOIRS – JOUR

Arthur et Léodagan s'apprêtent à entrer dans la salle du Trône pour une séance de doléances.

Arthur – C'est quoi, la prochaine doléance ?

Léodagan – Je sais plus.

Arthur – Bah, vous pourriez me dire, quand même !

Léodagan – Je connais pas le registre par cœur, excusez-moi.

Arthur – J'aime bien savoir qui c'est qui vient se plaindre !

Léodagan – Qu'est-ce que ça change ? On fait semblant d'écouter, on dit qu'on comprend mais qu'on n'y peut rien et dans une heure, on s'arrête pour aller casser la graine. Pas de besoin de registre.

OUVERTURE

2. INT. SALLE DU TRÔNE – JOUR

Guethenoc est venu se plaindre au Roi. Léodagan seconde Arthur.

Guethenoc – Moi, je vous le dis, Sire : cette histoire, ça me fait du mal ! Parce que je suis exigeant sur mes farines, je fais moi-même les tournées d'inspection chez les meuniers, et avec tout ça, il court des bruits que c'est à Kaamelott qu'on trouve le plus mauvais pain de Bretagne !

Léodagan – Non mais « le plus mauvais pain de Bretagne », c'est manière de dire. Il faut pas prendre ça au pied de la lettre.

Arthur – Ouais, ça m'étonnerait qu'en Irlande, ce soit pas pire.

Léodagan – Ah non. L'Irlande, j'y étais encore la semaine passée : le pain est mauvais mais quand même moins qu'ici.

Guethenoc – Quoi ? Ah non mais vous allez pas me dire que vous colportez la rumeur, vous aussi !

Léodagan – La rumeur ?

Arthur – Non mais, attendez, il faut quand même dire les choses comme elles sont… Il est dégueu, le pain.

Guethenoc – Mais absolument pas !

Léodagan – Ah si.

Guethenoc *(très en colère)* – C'est une honte d'entendre ça !

Arthur – Je vous signale qu'on s'est jamais plaints, nous ! C'est vous qui venez gueuler !

Léodagan – Du coup, on se demande bien pourquoi ! C'est pas de notre faute si votre pain est merdique !

3. INT. SALLE DE LA TABLE RONDE – JOUR

Guethenoc a apporté quelques échantillons de pain à Arthur et Léodagan. Karadoc est présent, il tient à la main son couteau personnel.

Guethenoc – Là, vous avez du froment, de l'orge, du son… Des mélanges uniques au monde, Sire ! Il y a même un pain à la farine de châtaignes – c'est pas compliqué – il y a pas mieux.

Arthur – Très bien. Est-ce que vous connaissez le Seigneur Karadoc ?

Guethenoc – Bien sûr qu'on se connaît. C'est le seul bourgeois de la cour qui m'achète le pâté à la livre ! Je sais pas si vous vous rendez compte, Sire… à la livre ! Si tout le monde faisait comme ça, il y aurait plus de paysans malheureux.

Arthur – Ouais. Alors, on l'a convoqué parce que bon… autant, point de vue Chevalerie, faits d'armes, stratégie militaire… c'est pas vraiment une flèche…

Léodagan – Pas exactement, non.

Arthur *(à Karadoc)* – Je suis désolé, on peut le dire, ça !

Karadoc *(indifférent)* – J'ai rien dit !

Arthur – Bon. Mais autant, sur tout ce qui touche la bouffe…

Léodagan – Un kador. Là, je suis obligé de reconnaître… Le Prince de la fourchette. Enfin, à part qu'il bouffe avec les doigts…

Karadoc – Je crains personne.

Arthur – Voilà. Et on l'a fait venir pour goûter votre pain.

Guethenoc – Ah bah écoutez, tant que vous voulez. Moi non plus, je crains personne. Vous pouvez taper dedans, il y a que du haut de gamme.

Karadoc – Bon alors, j'y vais ?

Arthur – Allez-y.

Karadoc – Je commence par lequel ?

Guethenoc – Celui que vous voulez.

Léodagan – Le plus classique, mettons.

Guethenoc – Ben, c'est le mélange blé-seigle. C'est celui que je vous fournis le plus.

Il présente à Karadoc un morceau de pain. Karadoc mange.

Léodagan – Alors ?

Karadoc – C'est de la merde.

Guethenoc

Quoi ? *(outré)* – Sire !

Léodagan – Attendez, Karadoc… Soyez pas si catégorique !

Guethenoc – C'est ça votre spécialiste ?

Arthur *(à Karadoc)* – Allez-y, développez un peu.

Karadoc – Il y a rien à développer : c'est de la merde, c'est tout. Moi, on me sert ça dans une auberge, le tavernier, il prend une quiche dans sa tête.

4. INT. SALLE DE LA TABLE RONDE – ENSUITE

Le ton est monté. Guethenoc est frappé au cœur.

Guethenoc – Mais enfin, Seigneur Karadoc, tout ce pâté que vous m'achetez, vous allez pas me dire que vous le mangez sans pain !

Karadoc – Ah bah non. Vous me prenez pour un con ?

Léodagan – Alors comment vous faites ?

Karadoc – Ben je le fais venir d'Aquitaine par bateau dans des containers spéciaux pour pas qu'il sèche.

Guethenoc – Du pain d'Aquitaine ! Sire ! Faites quelque chose ou il va y avoir un massacre !

Karadoc – C'est de la merde, c'est de la merde, c'est tout.

Guethenoc – Sire, goûtez, vous qu'êtes impartial !

Arthur – Non mais je le connais, moi.

Guethenoc – Goûtez-le, Sire ! Et dites-moi si c'est pas une honte d'entendre des choses pareilles.

Arthur et Léodagan goûtent le pain. Celui-ci est visiblement très sec.

Arthur – Ah non, il y a rien à faire…

Léodagan – Déjà, avec le pâté, c'est pas magique mais alors tout seul… J'ai l'impression de bouffer mes chaussures.

Guethenoc – C'est un complot !

Arthur – Ah non, absolument pas ! On cherche à avancer, nous.

Léodagan – Karadoc, expliquez-lui.

Karadoc – Ce pain-là, il est cuit trop vite dans un four trop chaud. Pas d'apport d'humidité pendant la cuisson, la pâte est reposée à peine une demi-heure et la levure est acide. La montée a pas le temps de se faire et il y a trop d'air dans la mie.

Léodagan – Donc… ?

Karadoc – C'est de la merde.

FERMETURE

5. INT. SALLE DE LA TABLE RONDE – PLUS TARD

Karadoc et Guethenoc sont restés seuls dans la salle.

Karadoc – Bon allez, sans rancune ?

Guethenoc – Vous êtes honnête, Seigneur Karadoc. J'ai rien à dire à ça.

Karadoc – Il faut tenir le coup, se remettre au travail et chercher la bonne combinaison. Je suis sûr que dans un an, vous faites le meilleur pain du pays.

Guethenoc – C'est gentil. Tenez… *(il lui tend un pain)* c'est la recette à la farine de châtaignes, vous prendrez le temps de le goûter chez vous et vous me direz.

Karadoc *(les yeux sur le pain)* – Ah mais je le connais déjà, celui-là.

Guethenoc – Et alors ?

NOIR

Karadoc *(over)* – C'est de la merde.

69
La Mort Le Roy Artu

A. ASTIER

3 CORS

1. EXT. CRÉNEAUX – JOUR

LÉODAGAN et PÈRE BLAISE observent un groupe de touristes qui arrive au château.

LÉODAGAN – Qui c'est, tous ces cons ?

PÈRE BLAISE – Ah ! C'est ma visite de cet après-midi.

LÉODAGAN – Vous en avez pas marre, de ces conneries, au bout d'un moment ?

PÈRE BLAISE – Je le fais pas pour mon plaisir, figurez-vous. Mais il faut bien qu'il y ait quelqu'un qui s'occupe de faire rentrer le pognon dans les caisses ! *(aux gens, au loin)* Par ici, messieurs-dames !

OUVERTURE

2. INT. SALLE DU TRÔNE – JOUR

ARTHUR et LANCELOT discutent stratégie.

LANCELOT – Si on signe, on est en droit d'espérer dix mille hommes de plus pour le printemps !

ARTHUR – Ouais mais je le sens pas, ce traité. Je suis sûr qu'on est en train de se faire enfler.

Père Blaise pénètre dans la salle du Trône avec un groupe de visiteurs.

Père Blaise – Nous arrivons à présent dans la salle du Trône, magnifique symbole de la puissance arthurienne…

Arthur *(à Lancelot)* – Ça me gonfle, ces visites…

Lancelot – Ça faisait longtemps qu'il y en avait pas eu.

Arthur – La trésorerie doit être à sec.

Père Blaise – Comme la totalité du bâtiment, cette pièce a été entièrement bâtie en pierres d'Irlande, en référence au célèbre site de Stonehenge.

Arthur *(soufflant, à Lancelot)* – Et toujours les mêmes conneries.

Père Blaise – Vous avez la chance de pouvoir apercevoir en direction du Trône le célèbre Seigneur Lancelot…

Lancelot fait un petit signe de la main aux visiteurs.

Père Blaise – … et son fidèle écuyer.

Arthur, surpris, regarde Lancelot pour s'assurer qu'il a bien entendu.

Père Blaise – Nous allons maintenant quitter cette pièce pour nous rendre aux caveaux afin de nous recueillir sur la tombe du Roi Arthur, symbole légendaire de la grandeur bretonne.

Arthur et Lancelot se regardent, sans voix.

3. INT. SALLE DE LA TABLE RONDE – JOUR

Arthur a convoqué Père Blaise afin de lui soutirer des explications. Lancelot et Karadoc sont présents.

Père Blaise – Non mais je sais ce que vous pensez : j'aurais dû vous prévenir.

Arthur *(sur les dents)* – Me prévenir de quoi ?

Père Blaise – Que je faisais visiter votre tombeau.

Arthur – Mais enfin, est-ce que vous ne seriez pas devenu complètement dingue ?

Père Blaise – Laissez-moi vous expliquer !

Arthur – Vite !

Père Blaise – Bon, première chose, les caisses sont vides. Il y a plus un rond dans la boutique.

Lancelot – Ça m'aurait étonné…

Karadoc – Non non mais c'est vrai.

Arthur – La ferme, vous.

Karadoc – L'autre jour, j'ai demandé deux pièces d'or pour faire réparer mon plastron…

Arthur – La barbe !

Père Blaise – Si je dis aux gens que vous êtes mort – dans des conditions héroïques, hein, attention ! « brandissant Excalibur, dans un dernier souffle de vie… »

Arthur – Oui bon, alors ?

Père Blaise – Du coup, c'est plus des touristes qui viennent visiter la cabane, c'est des croyants qui viennent en pèlerinage.

Lancelot – Quelle différence ?

Père Blaise – L'oseille. Le pèlerin, il est toujours ému. La présence divine, patin-couffin, il compte pas le pognon.

Lancelot – Mais enfin, vous vous rendez compte ? Si tous ces gens vont colporter par le monde que le Roi Arthur est mort !

Père Blaise – Mais ils vont rien colporter du tout! La plupart du temps, ils parlent même pas la langue…

4. INT. SALLE DU TRÔNE – JOUR

Arthur et Lancelot sont de nouveau au cœur d'une discussion stratégique.

Arthur – Bon, mettons qu'on signe le traité… On va pas annoncer les actions militaires une semaine après, on va passer pour des fumiers!

Lancelot – La semaine d'après, peut-être pas mais si on attend un petit mois, c'est déjà un peu moins raide…

Père Blaise entre dans la salle avec un groupe de visiteurs.

Père Blaise – Nous arrivons à présent dans la Salle du Trône, magnifique symbole de la puissance arthurienne…

Arthur – Et allez…

Lancelot – Le mieux, c'est de faire comme s'ils étaient pas là.

Père Blaise – Comme la totalité du bâtiment, cette pièce a été entièrement bâtie en pierres d'Irlande…

Arthur remarque une chose qui le fait bondir.

Arthur *(à Lancelot)* – Hé mais c'est Perceval!

Perceval fait partie du groupe de visiteurs.

Lancelot *(se levant)* – Seigneur Perceval! Mais qu'est-ce que vous faites là?

Perceval – Bah, je fais la visite!

Arthur – Mais la visite de quoi? Vous vivez ici, espèce de crétin!

Perceval – Ouais mais là, ils font voir des coins que j'ai jamais vus, moi! Il paraît qu'il y a votre tombeau, ça doit quand même avoir de la gueule!

FERMETURE

5. INT. SALLE DU TRÔNE – PLUS TARD

Arthur est seul assis sur son Trône. Il compulse un parchemin. Un nouveau groupe de visiteurs, guidé par Père Blaise, arrive.

Père Blaise – Nous arrivons à présent dans la salle du Trône, magnifique symbole de la puissance arthurienne…

Arthur exprime une profonde lassitude.

Père Blaise – Vous avez la chance de pouvoir apercevoir sur ce Trône, le célèbre Roi Arthur, Chef légendaire du peuple breton.

Arthur, étonné, fait un petit signe amical aux touristes.

Père Blaise – Nous allons maintenant quitter cette pièce pour nous rendre aux caveaux afin de nous recueillir sur la tombe de la Reine Guenièvre, emblème inoubliable de la femme bretonne.

NOIR

Père Blaise *(over)* – Nous vous rappelons que des répliques d'Excalibur vous seront proposées à l'issue de cette visite…

70
Le Problème Du Chou

A. Astier

3 CORS

1. INT. SALLE DU TRÔNE – JOUR

Arthur, secondé par Lancelot, reçoit les doléances du peuple dans la salle du Trône. Perceval, curieusement, est venu se présenter au Roi.

Arthur *(à Perceval)* – Non mais vous n'avez rien à foutre ici, vous.

Perceval – Bah on m'a dit que c'est là qu'il fallait venir quand on avait un problème!

Lancelot – Non mais le peuple! Pas vous!

Perceval – Alors, le peuple il a le droit et pas moi?

Arthur – Exactement. Cassez vous.

OUVERTURE

2. INT. SALLE DU TRÔNE – PLUS TARD

Arthur écoute les doléances de Guethenoc.

Guethenoc – Non mais là, autant d'habitude c'est pas mon genre de venir faire des histoires, autant là je crois qu'on arrive à des extrémités et que si on freine pas des quatre fers maintenant, dans pas longtemps, ce sera trop tard.

Lancelot – Allez-y, Arthur vous écoute.

Guethenoc – Attention! Là, il s'agit de se remuer à trouver une solution!

Lancelot – On est là pour ça. À quel problème?

Guethenoc – Au chou.

Arthur – Au quoi?

Guethenoc – L'autre fois, on a essuyé une attaque de Romains. Est-ce que vous vous souvenez du lieu de la bataille finale?

Lancelot – À cent pas du rempart sud, à peu près…

Guethenoc – Tous juste. En plein sur les plantations de choux! Le champ rasé à blanc, même plus de quoi faire une soupe! Deux mois avant, pareil avec les Vikings! Plus un chou de mangeable!

Arthur – Je suis désolé mais on choisit pas tellement l'endroit où on se fait attaquer!

Guethenoc – La solution, elle est simple: on replante dans le seul endroit qui risque rien.

Lancelot – Où ça?

Guethenoc – Dans l'enceinte du château.

3. EXT. CRÉNEAUX – JOUR

Guethenoc explique à Arthur et Lancelot son plan de repli depuis les remparts en direction de l'enceinte du château.

Guethenoc – Regardez, je vous en mets huit rangées à côté de ce mur-là, je peux pas faire moins. Après, près des contreforts, je fais des petites touches, deux rangées par là, deux rangées par ci.

Arthur – Non mais attendez… On était en train de dire qu'on réservait un petit coin et là vous me parlez de rangées…

Guethenoc – Ben, un petit coin, vous me faites rire… Cinq mille pousses, ça va faire un joli petit coin, je préfère être franc.

Arthur – Cinq mille pousses!

Lancelot – Non mais vous êtes dingue! On pourrait même plus passer!

Guethenoc – Oh bah quand même, je vous réserve une petite allée pour circuler, on n'est pas des bêtes! Bon, il y a des endroits, il faudra un peu enjamber…

Arthur – Mais je vais pas accueillir les Chefs de Clan en leur demandant d'enjamber des rangées de choux! Je vais passer pour quoi?

Guethenoc – Ah c'est ça! L'agriculture, ça fait pas assez chic! Quand c'est des carrés de tulipes, ça va mais dès qu'on parle légumes ou céréales, on a honte!

Lancelot – Je m'excuse mais dans les châteaux il y a quand même plus souvent des carrés de tulipes que des rangées de choux!

Guethenoc – Eh ben à la prochaine famine, si vous avez que des tulipes à bouffer, vous viendrez pas pleurer!

Arthur – On verra à ce moment-là.

Guethenoc – Écoutez, je vous fais moitié choux, moitié tulipes, je peux pas faire mieux!

Lancelot – Écoutez, n'insistez pas, je pense que la discussion est…

Guethenoc – Bon alors mieux: un tiers choux, un tiers tulipes, un tiers blettes, pour varier.

Lancelot – Un tiers blettes?

Arthur – Je sais même pas ce que c'est comme légume.

Guethenoc – C'est bon, c'est un peu filandreux…

Lancelot – Il faut le cuire longtemps.

Guethenoc *(à Arthur)* – Allez, je réduis à mille pousses de choux, deux mille pousses de blettes et le reste en tulipes, ça va ?

Arthur – Non mais je rêve… En plus, j'aime pas ça le chou.

Guethenoc – D'accord, je coupe le chou en deux et je vous mets du céleri-rave. *(il montre)* Tenez, par là, quatre petites rangées, discrètes, à côté de la mangeoire pour les cochons.

Lancelot – Pour les cochons ? Quels cochons ?

Guethenoc – Ben les cochons ! Il faut bien que je protège les cochons aussi ! Il y a pas que les choux !

4. EXT. CRÉNEAUX – ENSUITE

Les hommes sont visiblement arrivés à un accord. L'atmosphère s'est radoucie.

Guethenoc – Non mais vous verrez, vous regretterez pas. En plus, je vais vous dire, les poules, ça bouffe toutes les saloperies. Même les serpents !

Arthur – Vous me promettez que quand on reçoit un Chef de Clan, vous rentrez toutes les brebis !

Guethenoc – Mais vous inquiétez pas, ça prend cinq minutes, ça !

Lancelot – Et tâchez d'être discret !

Guethenoc – Dites, c'est pas parce qu'on est paysan qu'on sait pas se tenir ! Non et puis attention, pour nous autres, le cadre, c'est quand même autre chose que par chez nous ! C'est bien tenu, les dames sont bien habillées, non mais c'est vrai !

Lancelot – Ben tiens !

Arthur – Ah là, attention : vous adressez pas la parole aux dames, hein !

Guethenoc – Et pourquoi donc ? C'est parce qu'on sent le purin, c'est ça ?

Arthur *(réfléchissant)* – Ben… déjà, oui.

Guethenoc – Et si j'ai envie quand même de souhaiter la bonne journée aux dames du château ?

Arthur – De toute façon, elles vous répondront pas, vous sentez le purin.

Lancelot – Non et puis si votre but, c'était de séduire les dames, fallait faire Chevalier, c'est tout.

Lancelot sourit, puis s'assombrit, tombant sur le regard noir d'Arthur.

Guethenoc – Bon allez, je range les lapins dans les clapiers et j'arrive.

FERMETURE

5. EXT. CRÉNEAUX – PLUS TARD

Arthur et Lancelot sont seuls.

Lancelot – Je trouve que vous avez fait ce qu'il fallait. Vous avez fait preuve d'écoute et d'ouverture…

Arthur – De toute façon, s'il y a besoin, il y a besoin… Qu'est-ce que vous voulez faire ?

Lancelot *(en parlant de Guethenoc)* – Non puis il est bien, lui… Il est carré…

Arthur – Ouais ouais, on sent qu'il sait de quoi il parle.

Arthur soupire.

NOIR

Arthur *(over)* – Putain, ils font vraiment chier ces pécores…

71
Un Roi À La Taverne

A. ASTIER

3 CORS

1. INT. TAVERNE – JOUR

Perceval et Karadoc s'assoient à une table, déjà occupée par un individu dont le visage est masqué par un large capuchon.

Perceval – Ah! Il y a que là qu'on est bien, pas vrai?

Karadoc – Allez, à chaque jour suffit sa peine.

Les Chevaliers remarquent l'inconnu.

Perceval – Dis-donc machin, si t'allais voir à la table du fond, si on y est?

Le personnage relève sa capuche : c'est Arthur.

Karadoc *(surpris)* – Sire!

Perceval – Qu'est-ce que vous faites là?

Arthur – Et vous? bande de cons!

OUVERTURE

2. INT. TAVERNE – PLUS TARD

Arthur tente de se masquer du mieux qu'il peut. Il parle bas.

Arthur – Voilà quatre jours qu'on vous cherche!

Karadoc – On était en affaires dans le coin.

Perceval – Alors plutôt que de taper les quatre lieues tous les soirs jusqu'à Kaamelott, on a décidé de se fixer ici.

Le Tavernier approche.

Le Tavernier *(à Arthur)* – Adieu, voyageur! Qu'est-ce qu'on lui sert?

Arthur – Un lait de chèvre.

Perceval *(au Tavernier)* – Attendez, vous le reconnaissez pas?

Le Tavernier – Non…

Arthur – Non mais c'est bon, c'est bon.

Karadoc *(au Tavernier)* – Je crois que vous avez pas idée de qui c'est qui vient s'asseoir dans votre estanco!

Arthur – Karadoc, je vous dis que c'est bon!

Le Tavernier *(à Arthur)* – Votre tête me dit quelque chose…

Arthur – Oui, j'ai un physique très banal. Laissez tomber, on se connaît pas.

Le Tavernier – Bon. *(s'éloignant)* Un lait de chèvre.

3. INT. TAVERNE – ENSUITE

Arthur s'explique avec ses Chevaliers, toujours en faisant attention de ne pas attirer le regard des autres clients.

Perceval – Vous avez tort de vous cacher! Ça lui ferait sûrement plaisir de savoir que le Roi vient boire un coup dans son négoce!

Karadoc – C'est comme nous, c'est du prestige!

Arthur – Ah parce que vous êtes du prestige, maintenant?

Perceval – En tout cas, notre présence est bien appréciée. Tenez, cette table-là, eh ben tout le monde l'appelle « la table des Chevaliers. »

Karadoc – Une fois, il y en a un qui l'a appelée « la table des deux connards » mais je sais pas s'il m'avait reconnu.

Arthur – Je vous rappelle qu'à propos de table, il y en a une toute ronde au château, qui est faite exprès pour les Chevaliers; il me semble qu'on vous y voit pas souvent!

Perceval – Non mais c'est parce que là, on est en enquête pour le Graal!

Arthur – Dans les rades?

Karadoc – Non, là c'est notre point de chute.

Perceval – On peut pas toujours bosser, non plus!

Arthur – Ah bah non, ça ferait vulgaire! Et sans indiscrétion, qu'est-ce que ça a donné, cette pêche aux indices?

Karadoc – Pour le moment, on a quelques petites ouvertures à droite, à gauche…

Perceval – C'est des choses encourageantes qui demandent qu'à se concrétiser, si vous préférez.

Arthur – Ce que je préférerais, c'est que vous vous bougiez un peu le train et que vous fassiez en sorte que je sois pas obligé de faire la tournée des bistrots déguisé en vendeur de savates à chaque fois que j'ai besoin de vous!

Le Tavernier arrive.

Le Tavernier – Dites, le voyageur… C'est marrant mais depuis tout à l'heure, je regarde votre profil, il y a pas à tortiller du fion, je suis sûr que je vous ai déjà vu quelque part. Vous seriez pas de la famille du vieux Guénole, celui qui a la jambe vérolée et ses deux filles qui font putes?

Arthur *(après réflexion)* – C'est tentant mais non, je suis désolé, c'est pas de là.

Le Tavernier – Ah… Mais ça va me revenir! Un autre lait?

Arthur – Je veux bien.

Le Tavernier se retire.

Perceval – Sans blague, Sire… Dites-lui que vous êtes Roi.

Arthur – Non et non! Je ne veux pas que les gens pensent que le Roi picole. Déjà, vous ici, c'est de trop!

Perceval – Ouais mais nous, là, les gens ils croient qu'on boit le coup avec un vendeur de savates…

Karadoc – On a une réputation à tenir…

4. INT. TAVERNE – ENSUITE

Arthur tente d'expliquer à ses Chevaliers la responsabilité morale qui leur incombe.

Arthur – Vous faites partie des personnes les plus chanceuses au monde, bande de nuls! Comparés à tous ces cons-là qui passent leurs journées les pieds dans la merde et qui finissent alcooliques à quinze ans et demi, vous, vous avez un destin.

Karadoc – Nous?

Arthur – Oui, vous, oui! À qui je parle?

Perceval – Mais quel genre de destin?

Arthur – Le Graal, crétins! La Lumière Divine, la Mission Sacrée! À ces gens-là, vous devez leur apporter la salvation! Personne n'en a rien à foutre que vous buviez des coups avec! Vous êtes pas dans le social, que je sache! Alors, reprenez votre place à la Table Ronde, la vraie. Je sors d'abord et vous suivez dans cinq minutes.

Il finit son lait et se retire.

Le Tavernier *(de loin)* – Il part déjà, le voyageur?

Arthur – Bah ouais, j'aime pas voyager de nuit.

Le Tavernier – Vous êtes sûr que vous aviez pas une sœur qui faisait le tapin, à une époque? Ou une cousine?

Arthur – C'est possible. Dans la famille, on est assez à cheval sur la carrière. Allez, je vous laisse.

Le Tavernier – Non mais ça va me revenir!

FERMETURE

5. INT. TAVERNE – PLUS TARD

Perceval et Karadoc finissent leur verre. Le Tavernier arrive en hâte avec une pièce d'argent.

Le Tavernier – Hé, vous vous foutez de moi? Regardez où je l'avais vu, votre type! Il a sa tronche sur toutes les pièces de monnaie! C'est Arthur!

Karadoc – Arthur? Eh ben mon vieux, vous doutez de rien!

Perceval – Arthur, on le connaît bien. C'est pas le genre à radiner chez les rince-gosiers dans votre genre !

Karadoc – Allez, nous on se tire, on a un destin.

Perceval – On n'a pas le temps de passer la journée avec les pécores, nous.

Karadoc – On peut pas se permettre de passer pour des clodos.

Ils s'en vont.

NOIR

le Tavernier *(over, portant la voix)* – Si vous voulez pas passer pour des clodos, commencez donc par éponger votre ardoise !

72
Les Fesses De Guenièvre

A. Astier

3 CORS

1. INT. CHAMBRE D'ARTHUR – NUIT

Arthur et Guenièvre sont au lit. Arthur est plongé dans un parchemin.

Guenièvre *(taquine)* – Vous aimez bien les rousses, vous.

Arthur *(distrait)* – Ah bon ?

Guenièvre – Ben oui, la fille qui était à table avec nous et que vous avez pas arrêté de regarder… La fille de Calogrenant… moi…

Arthur *(se retournant vers elle)* – Vous êtes rousse, vous ?

Guenièvre – Un peu, oui…

Arthur *(reprenant sa lecture)* – Comme quoi…

Guenièvre – Comme quoi… ?

Arthur – Comme quoi c'est pas une question de cheveux.

OUVERTURE

2. INT. SALLE DE LA TABLE RONDE – JOUR

Père Blaise retranscrit un épisode de la légende arthurienne conté par Arthur et Perceval.

Père Blaise *(se relisant)* – « … et Arthur descendit dans la Fosse Maléfique le long de la corde tenue par son ami Perceval. » *(aux autres)* Jusque là, c'est bon ?

Arthur *(amer)* – Ah, jusque là, oui.

Perceval *(gêné)* – C'est après que ça se gâte.

Père Blaise – Vous êtes pas arrivé en bas de la Fosse ?

Arthur – Ah si ! J'y suis même arrivé à fond de train puisqu'il a lâché la corde.

Perceval – J'ai eu un petit mouvement de panique…

Arthur – En fait, on va passer à autre chose, si vous y voyez pas d'inconvénient parce que rien que de reparler de ça, ça me met de travers !

Perceval – Oui, on va passer à une autre quête. *(à Père Blaise)* Vous avez bien un truc à finir !

Père Blaise *(à Perceval, se saisissant d'un autre parchemin)* – Ben… Il y a la fois ou vous avez confondu la Potion de Vérité avec une fiole de purin…

Perceval – Non non mais pas ça… Une quête où j'y étais pas…

Père Blaise – Ah non, c'est les deux quêtes qu'il faut finir aujourd'hui. Après, il faut que je les enlumine.

Perceval *(hésitant)* – Ben comme vous voulez, alors. *(à Arthur)* Quand je lâche la corde ou la fiole de purin ?

3. INT. SALLE DE LA TABLE RONDE – ENSUITE

Père Blaise lit un passage final.

Père Blaise *(lisant)* – « Alors, Arthur prit le Bouclier d'Airain et le brandit devant lui. Tous se courbèrent avec vénération : Léodagan de Carmélide, Calogrenant de Calédonie, le Gallois Perceval, Guenièvre-à-la-blanche-fesse et Angharad, sa suivante… »

Arthur *(sursautant)* – De quoi ?

Père Blaise – Quoi, « de quoi ? »

Arthur – Qu'est-ce que vous avez dit ?

Père Blaise *(cherchant)* – « Le Gallois Perceval » ?

Arthur – Non, après.

Père Blaise – « Angharad, sa suivante » ?

Arthur – Non, avant.

Père Blaise ayant compris sa bourde fait mine d'être perdu.

Père Blaise – Je me souviens plus.

Arthur *(agacé)* – Vous avez parlé de ma femme.

Père Blaise – Guenièvre ?

Arthur – Oui, Guenièvre, oui. Ma femme. Qu'est-ce que vous avez dit ?

Père Blaise *(réalisant faussement maintenant)* – Ah oui ! Oui, je vois ce que vous voulez dire. *(s'apprêtant à rayer du texte)* Mais on peut l'enlever ça, c'est pas indispensable.

Arthur – Mais enlever quoi, j'ai pas entendu. Relisez-moi ce que vous avez écrit !

Père Blaise *(gêné)* – « Guenièvre-à-la-blanche-fesse ».

Perceval – Eh ben, qu'est-ce que ça fait, ça ?

Arthur *(à Père Blaise)* – Non mais c'est moi ou il y a un truc qui déconne, là ?

Père Blaise – Maintenant que vous me le dites, je me souviens, quand je l'ai écrit, je me suis dit qu'il y aurait peut-être un problème.

Arthur – Ah oui, vous avez eu raison.

Père Blaise – Parce qu'en fait, il faut pas prendre ça au pied de la lettre. « Guenièvre-à-la-blanche-fesse », ça veut pas forcément dire que votre femme a les fesses blanches…

Perceval – Ah bon ? Ah bah moi, je l'avais pris au pied de la lettre, alors.

Père Blaise – Ça s'appelle une licence poétique.

Arthur – Et ça change quoi ?

Père Blaise – Ben… que ça veut pas forcément dire ce qu'il y a marqué.

Perceval – C'est pour ça que je pane rien aux livres, moi ! Ça veut pas dire ce qu'il y a marqué !

4. INT. SALLE DE LA TABLE RONDE – ENSUITE

Le ton est monté.

Arthur *(en colère)* – Mais blanches ou pas blanches, je m'en fous ! C'est pas le problème !

Père Blaise *(timidement)* – Alors c'est quoi, le problème ?

Arthur – Le problème, c'est que j'estime que vous avez autre chose à foutre que de vous occuper des miches de ma femme !

Père Blaise – C'est juste une tournure…

Arthur – Une tournure à la con ! Vous allez me virer ça vite fait ou vous prenez mon pied aux fesses ! On verra de quelle couleur elles sont, après !

Perceval – Attendez, on va pas rester là-dessus jusqu'à demain! Elle a les fesses blanches ou pas?

Arthur – Quoi?

Père Blaise – Non mais ça veut pas dire ça!

Perceval – Oui mais au bout d'un moment, ce qui faudrait peut-être arriver à savoir, c'est si c'est des conneries ou pas! *(à Arthur)* Sire, avec tout le respect, est-ce que la Reine a les fesses blanches?

Arthur – Ben…

Arthur se rend compte qu'il n'en sait rien. Perceval et Père Blaise se regardent.

Perceval *(à Arthur)* – Vous savez pas?

Arthur – Évidemment que je sais! Seulement… ça marche pas comme ça… *(mimant l'éclairage)* Déjà ça dépend du… de la façon dont c'est… Par exemple s'il fait nuit, on peut pas vraiment… *(à Père Blaise)* Vous l'avez écrit la nuit, votre truc, là?

Père Blaise – Ah non, j'écris pas la nuit, moi.

Arthur – Eh ben voilà. On peut pas savoir.

FERMETURE

5. INT. CHAMBRE D'ARTHUR – NUIT

Arthur et Guenièvre sont couchés. Arthur lit; sa femme est assoupie, lui faisant dos. Encore soucieux des conversations du jour, Arthur soulève les couvertures pour jeter un œil aux fesses de sa femme.

Guenièvre – Qu'est-ce qui se passe?

Arthur *(noir)* – Rien.

Il rabaisse les couvertures et reprend sa lecture.

NOIR

Arthur *(over)* – Vous pourriez prendre le soleil une fois de temps en temps, ça vous ferait pas de mal.

73
Le Billet Doux

A. ASTIER

3 CORS

1. INT. CHAMBRE D'ARTHUR – SOIR

ANGHARAD parle à GUENIÈVRE qui est couchée.

GUENIÈVRE – Je vous dis qu'il n'y a pas de problème. Vous parlerez au Roi demain matin.

ANGHARAD – J'ose pas.

GUENIÈVRE – Mais si, il va pas vous manger !

ANGHARAD – J'ai peur qu'il m'envoie promener.

GUENIÈVRE – Ah, par contre, il va vous envoyer promener, c'est sûr. Mais moi aussi, quand je lui parle, il m'envoie promener !

OUVERTURE

2. INT. CHAMBRE D'ARTHUR – MATIN

ARTHUR et GUENIÈVRE sont au lit ; ils viennent de se réveiller. ANGHARAD arrive avec le repas du matin, présenté sur un plateau.

ARTHUR *(remarquant Angharad avec lassitude)* – Oh… J'avais oublié, ça.

Guenièvre – Il faut toujours que vous râliez.

Arthur – J'aime pas cette manie que vous avez prise de faire monter la bouffe au plumard !

Angharad – Si je peux me permettre, j'en suis pas dingue non plus. Madame a pas idée de la surcharge de travail !

Guenièvre – À Rome, ça se fait beaucoup !

Angharad – À Rome, les maisons sont à plat ! Les collègues sont pas obligés de coltiner six étages d'escalier avec le plateau !

Guenièvre – Oh, ben vous êtes d'une humeur, ce matin, tous les deux !

Arthur – En plus, on fout des miettes dans le lit… Ça gratte.

Arthur remarque qu'Angharad ne part pas.

Arthur – Bon ben c'est bon, cassez-vous.

Angharad – Est-ce que je peux me permettre de rappeler à Madame ce que Madame m'a promis hier ?

Guenièvre – Ah oui ! *(à Arthur)* La petite voudrait vous parler.

Arthur – À moi ?

Guenièvre – À vous. Alors vous êtes gentil, vous l'écoutez et vous essayez de vous montrer compréhensif. Moi, je vais prendre mon bain.

Elle se lève.

Arthur – Cette manie de prendre des bains tous les jours, aussi !

Angharad – Comme à Rome.

Arthur – Bon, je vous écoute.

3. INT. CHAMBRE D'ARTHUR – ENSUITE

Arthur mange. Angharad, assise au bord du lit, s'adresse à lui avec quelque gêne.

Angharad – Monsieur sera témoin que je ne suis pas du genre à avoir des histoires avec tous les hommes qui résident au château.

Arthur – C'est à dire ?

Angharad – C'est à dire que je connais pas mal de filles dans le métier qui arrondissent la solde en faisant des heures supplémentaires, si vous voyez ce que je veux dire…

Arthur – C'est possible, oui… Et vous, non ?

Angharad – Certainement pas !

Arthur – Bon ben très bien… Qu'est-ce que vous voulez que ça me foute ?

Angharad – Monsieur… Monsieur n'est pas sans connaître les choses de l'amour…

Arthur – Les choses de l'amour… comment vous voulez dire ?

Angharad – Quand une femme s'éprend d'un homme – avec sincérité, j'entends ! –, c'est une chose qui lui est difficile de réprimer.

Arthur *(avec quelque crainte)* – Ouais…

Angharad – Et si les sentiments sont profonds, l'amour est une chose qu'on se peut déclarer franchement sans avoir à rougir.

Arthur reste sans réponse.

Angharad – Non ?

Arthur – Si, si, ouais ! Non mais je vous écoute…

Angharad – Simplement, la personne à laquelle mon cœur s'accroche est une personne… importante.

Arthur – Importante ?

Angharad – Très importante. Une personne de premier plan, si vous voyez ce que je veux dire. Mais… *(très gênée)* oserai-je avouer à Monsieur de qui il s'agit… ?

Arthur – Ben… ça dépend de qui il s'agit…

Angharad *(chuchotant)* – Le Seigneur Perceval.

Arthur *(soulagé)* – Ah ! Ah bon ! Merde, vous m'avez flanqué les jetons !

Angharad – Je sollicite de votre bonté, Sire, de bien vouloir entretenir le Seigneur Lancelot de la flamme qui m'anime.

Arthur – Moi ? Mais pourquoi moi ?

Angharad – Parce que moi, j'arrive pas.

Arthur – Vous osez pas ?

Angharad – Si mais il comprend rien.

4. INT. COULOIRS – MATIN

Arthur, encore en costume de nuit, vient cogner à la porte de Perceval. Celui-ci ouvre, encore en plein sommeil.

Perceval – Sire ! Si j'avais su, j'aurais passé une liquette !

Arthur – Non, c'est pas grave. Je peux vous parler une minute ?

Perceval – Bien sûr, entrez.

Arthur – Non merci, je vais rester là.

Perceval – Bah entrez !

Arthur – Non ! Parce que vous êtes… Et puis là-dedans, ça… *(se pinçant le nez)* Bref. Est-ce que vous connaissez un peu les choses de l'amour ?

Perceval – Les choses de l'amour?

Arthur – Oui.

Perceval – Ben tout dépend…

Arthur – Mmh. Alors voilà, il s'agit d'Angharad.

Perceval – Quoi, Angharad?

Arthur – Angharad, les choses de l'amour… Vous comprenez?

Perceval – Vous et Angharad?

Arthur – Non… Vous et Angharad.

Perceval – Ah non.

Arthur – Non mais ne dites pas non, je vous pose pas de question. C'est un fait, je vous le dis, voilà : vous et Angharad, les choses de l'amour.

Perceval – Ah bon.

Arthur – Voilà. Tout est clair?

Perceval – J'irais pas jusque-là mais…

Arthur – Bon. Désolé de vous avoir réveillé, à plus tard.

Il s'en va. Perceval reste interdit sur le pas de sa porte.

FERMETURE

5. INT. TAVERNE – JOUR

Perceval et Karadoc boivent un verre.

Perceval – Vous y connaissez quelque chose aux choses de l'amour, vous?

Karadoc – Non, je suis une vraie bille.

Perceval – Moi pareil. Voyez, on est venu me parler d'amour ce matin, eh ben j'ai rien pigé.

Karadoc – Vous savez, je crois que c'est comme tout : on l'a ou on l'a pas…

NOIR

Karadoc *(over)* – Moi par exemple, je l'ai pas.

74
Guenièvre Et L'Orage

A. ASTIER

3 CORS

1. INT. CHAMBRE D'ARTHUR – NUIT

ARTHUR et GUENIÈVRE sont au lit. Tandis qu'ARTHUR compulse un parchemin, GUENIÈVRE tente d'apaiser sa peur de l'orage qui gronde au dehors.

ARTHUR *(remarquant l'air apeuré de sa femme)* – Eh ben, vous en faites une tronche !

GUENIÈVRE – Qu'est-ce que ça peut vous faire ? Vous ne quittez pas votre parchemin des yeux !

ARTHUR – Ben on comprend pourquoi ! Quand je le quitte, *(désignant le visage de Guenièvre)* regardez sur quoi je tombe…

OUVERTURE

2. INT. CHAMBRE D'ARTHUR – PLUS TARD

L'orage gronde toujours. GUENIÈVRE est apeurée ; ARTHUR ne comprend toujours pas.

GUENIÈVRE – Il se rapproche.

ARTHUR – Qui ça qui se rapproche ?

GUENIÈVRE – L'orage!

ARTHUR – L'orage? Eh ben qu'est-ce que ça fout, ça?

GUENIÈVRE – Ça me fait peur! Voilà! J'ai peur de l'orage. Vous êtes content?

ARTHUR – Peur de l'orage? Mais pour quoi faire?

GUENIÈVRE – Oh mais ne soyez pas stupide! J'ai peur parce que les Dieux sont en colère!

ARTHUR – Ah non mais arrêtez vos conneries, je vous en prie! Il a fait chaud hier, froid aujourd'hui : ça pète. C'est normal, ça.

GUENIÈVRE – Et il y a deux ans, votre oncle Systennin qui périt par la foudre! Alors qu'il venait juste de passer devant un temple!

ARTHUR – La foudre est tombée sur le temple et il s'est ramassé une pierre sur la tronche.

GUENIÈVRE – Je vois pas bien ce que ça change!

ARTHUR – Ça change que je vois pas ce que les Dieux viennent foutre là-dedans.

GUENIÈVRE – Comme par hasard! Avec la vie de dévoyé qu'il a eue! Il avait passé son temps à boire, il a été puni par la foudre!

ARTHUR – Si tous les sujets de Bretagne qui picolent se ramassent un coup de tonnerre, il va y avoir une sacrée chute démographique, je vous le dis, moi!

3. INT. CHAMBRE D'ARTHUR – ENSUITE

La colère monte. L'orage redouble.

GUENIÈVRE – J'ai peur, j'ai peur! Qu'est-ce que vous voulez que j'y fasse?

ARTHUR – Bah et moi?

Guenièvre – Je suis désolée, j'ai été élevée comme ça ! La foudre, c'est la colère divine ! Point !

Arthur – Ah bravo ! Bonjour l'éducation !

Guenièvre *(apeurée)* – Ça se rapproche encore… Je suis sûre que c'est pour moi !

Arthur – Pourquoi pour vous spécialement ? On doit être au moins soixante-dix, au château !

Guenièvre – Un pressentiment ! Je me suis mal conduite et voilà ce qui m'attend ! Brûlée vive par la foudre !

Arthur – Ah non mais faut l'entendre pour le croire ! Mon oncle Systennin, encore je veux bien mais vous, vous picolez pas, que je sache !

Guenièvre – Il y a pas que la boisson qui est punie !

Arthur – Quoi d'autre alors ?

Guenièvre – Je ne sais pas moi… la trahison !

Arthur – Vous avez trahi qui ?

Guenièvre – Mais personne !

Arthur – Bah alors, tout va bien !

Guenièvre – Il y a l'adultère !

Arthur – Vous m'avez trompé ?

Guenièvre – Moi, non.

Arthur – Comment « vous, non » ? Qu'est-ce que ça veut dire, ça ?

Guenièvre – Par exemple, en ce moment, vous êtes bien l'amant de le femme du Duc d'Armorique, non ?

Arthur – Non.

Guenièvre – Non ?

Arthur – Non, je suis désolé, je sais pas qui vous a raconté ça mais c'est faux. Des maîtresses, j'en ai assez ici pour pas aller les chercher en Armorique !

147

Guenièvre – Bref, avec vous ou pas, cette femme commet l'adultère.

Arthur *(s'énervant)* – Mais qu'est-ce que ça fait, ça ?

Guenièvre – Eh ben c'est de l'adultère, c'est tout !

Arthur – Alors les Dieux viendraient vous cramer vous parce que la Duchesse d'Armorique se tape la moitié de la Gaule depuis quinze ans ?

Guenièvre – J'ai peur, je vous dis ! Je réfléchis pas !

Arthur – Ah bah, ça se voit !

4. INT. CHAMBRE D'ARTHUR – ENSUITE

L'orage est très impressionnant. Guenièvre est terrifiée.

Guenièvre – Mon Dieu, c'est la fin !

Arthur – Ah non mais c'est pas possible ! Elle me foutra pas la paix !

Guenièvre *(hystérique)* – J'ai peur ! Faites quelque chose !

Arthur – « Faites quelque chose », vous me prenez pour un Druide ? Qu'est-ce que vous voulez que j'y fasse ? Il y a de l'orage, il y a de l'orage !

Guenièvre – Alors si vous n'y pouvez rien, laissez-moi mourir tranquille !

Guenièvre se cache la tête dans les mains. Arthur pose son parchemin.

Arthur *(invitant se femme dans ses bras)* – Venez.

Guenièvre – Quoi ?

Arthur – Venez là.

Guenièvre – Pour quoi faire ?

Arthur – Vous verrez bien pour quoi faire. Merde ! Venez !

Guenièvre se colle à Arthur.

Arthur – Ça va pas mieux là ?

Guenièvre – Ben… si.

Arthur – Bon bah voilà. Respirez.

Guenièvre se calme et profite de cette tendresse inhabituelle.

Arthur – J'espère qu'il va pas y avoir trop d'orages, cette saison…

FERMETURE

5. INT. CHAMBRE D'ARTHUR – NUIT

Arthur et Guenièvre sont au lit. Alors qu'Arthur est en pleine lecture, Guenièvre s'inquiète alors qu'un faible grondement de tonnerre résonne au loin.

Guenièvre – C'est pas de l'orage, ça ?

Arthur – Non.

Guenièvre – Bah si.

Arthur – Non, non, écoutez… chut…

L'orage gronde de nouveau.

Arthur – Voyez ?

Guenièvre – Eh ben si !

Arthur – Non. C'est pas de l'orage, ça. Ça c'est du… *(il fait un signe avec ses mains)* Voilà.

Guenièvre – Ah bon.

NOIR

Arthur *(over)* – Ça va bien maintenant…

75
Eunuques Et Chauds Lapins

A. ASTIER

3 CORS

1. INT. SALLE À MANGER – SOIR

ARTHUR et PERCEVAL reçoivent NARSÈS, le Général byzantin, à leur table. Le repas s'achève.

NARSÈS – Bon allez, c'est pas le tout de bouffer mais si on faisait venir deux-trois gonzesses, là?

PERCEVAL – Sans moi. Après ce que j'ai bouffé, je me sens pas de gigoter.

ARTHUR *(étonné, à Narsès)* – Attendez, Seigneur Narsès... vous êtes pas... *(plus bas)* Vous êtes pas eunuque?

NARSÈS *(triste)* – Ben si.

Un silence s'installe dans la pièce.

PERCEVAL – Je sais pas ce que c'est mais ça a pas l'air marrant!

OUVERTURE

2. INT. SALLE À MANGER – PLUS TARD

PERCEVAL cherche à en savoir plus.

Perceval *(à Narsès)* – Vous êtes eunuque ? Tout à l'heure, vous avez dit que vous étiez perse !

Narsès – Quel rapport ?

Arthur *(à Narsès)* – Non mais c'est bon, laissez tomber.

Narsès *(à Perceval)* – Je suis un Eunuque perse.

Perceval – Mais qu'est-ce que ça veut dire « Eunuque » ?

Arthur – Rien.

Narsès – Comment « rien » ?

Arthur – Non mais si mais... *(désignant Perceval)* – Avec lui, il faut pas commencer à rentrer dans des explications...

Narsès *(à Perceval)* – Vous avez déjà mangé du chapon ?

Perceval – Ah ouais. C'est bon ça, ça a de la saveur.

Narsès – Eh ben moi, c'est pareil.

Perceval – Vous avez de la saveur ?

Narsès – Mais non !

Arthur – Je vous ai dit... Moi je lui explique plus rien depuis des années.

Narsès – Je suis castré. Comme le chapon.

Perceval encaisse le coup.

Perceval *(timide)* – Je crois que je vais gerber.

3. INT. SALLE À MANGER – ENSUITE

Narsès est plein de vigueur.

Narsès – Bon alors, on fait venir les poulettes, ou quoi ?

Arthur et Perceval se regardent.

Perceval – Les poulettes ? Ça a un rapport avec le chapon ?

Narsès – Mais non! Faites péter de la femme! Qu'on finisse pas la soirée comme des pédales, là!

Arthur – Attendez… Bon déjà, les poulettes… Enfin, je veux dire, il suffit pas de les appeler par la fenêtre!

Perceval – Il doit bien y avoir deux-trois cagaudes à la taverne mais enfin, faut voir les engins…

Arthur *(à Perceval)* – À ce qu'on m'a dit, ça vous empêche pas de taper dedans, d'habitude…

Perceval – Ben justement, j'en ai marre.

Arthur *(à Narsès)* – Bref, mettons que je trouve. Qu'est-ce que vous voulez en faire?

Narsès – Bah qu'est-ce que vous voulez que j'en fasse?

Arthur – C'est que je vous demande. Qu'est-ce que vous voulez en faire?

Narsès – Allez, vous me faites marcher? Je vais pas vous faire un dessin!

Arthur – Ben j'avoue que ça m'aiderait parce que… j'arrive pas à me faire l'image…

Narsès – Je vois ce que vous voulez dire. C'est parce que je peux pas…

Arthur – Bah oui. Dans ma tête, ça joue, quand même…

Narsès – Ce que je fais, généralement, je regarde les autres.

Arthur – Les autres?

Narsès – Oui, les autres. Ce soir, par exemple, c'est vous deux! Allez hop! C'est par où la taverne, qu'on aille chercher les dames?

Arthur – Non mais ça va pas être possible, ça.

Narsès – Allez! Demain, je repars en guerre contre les Wisigoths! Il faut bien que je me divertisse!

Arthur – Eh non, justement. Il faut vous reposer pour être d'attaque ! Un *Dux Bellorum* légendaire comme vous, vous allez pas arriver sur le champ de bataille avec les yeux jusque-là, si ?

Perceval – C'est vrai que pour un type castré, on entend drôlement parler vous ! Il paraît que, comme Général, vous êtes un vrai chapon. *(se reprenant)* Un vrai champion !

Narsès – Ouais… C'est ce que dit mon connard d'Empereur à Byzance… Justinien… Soi-disant que comme je peux pas avoir d'enfants, j'ai pas de descendance à assumer et du coup, je suis plus doué pour la guerre parce que ça me fait rien de mourir.

Perceval – Ah, parce qu'en plus, vous pouvez pas avoir d'enfants ?

4. INT. SALLE À MANGER – ENSUITE

Narsès insiste.

Narsès – Allez quoi ! Un beau geste !

Arthur – Non non, n'insistez pas.

Narsès – Qu'est-ce que vous faites, vous allez vous coucher, alors ?

Arthur – Oui, on va tous se coucher.

Perceval – Même moi ?

Arthur – Surtout vous.

Narsès *(à Arthur)* – Vous dormez avec la Reine, ce soir, ou avec une autre ?

Arthur – Heu… Ce soir, avec une autre, pourquoi ?

Narsès – Il y a un trou, à la serrure ?

Arthur *(en colère)* – Ah mais ça suffit, maintenant ! Vous n'avez qu'à y aller tout seul, à la taverne ! Ça vous détendra !

Narsès – Tout seul, je peux rien faire !

Arthur – Ben c'est triste mais c'est pas ma faute, à moi ! C'est moi qui vous ai castré ?

Narsès *(penaud)* – Non.

Arthur *(désignant Perceval)* – C'est pas lui ?

Perceval – Ah non !

Narsès *(à Arthur)* – Si vous allez voir une maîtresse, je peux aller voir la Reine, moi ?

Arthur – Pour quoi faire ?

Narsès – Bah à votre avis… Pour discuter, quoi. J'ai pas sommeil.

Arthur – Vous êtes vraiment Eunuque, hein !

Narsès – Parole d'homme !

Arthur réfléchit.

Arthur – Ouais bah allez-y alors.

Narsès *(reconnaissant)* – Sympa.

FERMETURE

5. INT. COULOIRS – NUIT

Dans le couloir des chambres, Perceval questionne Arthur avant de le quitter pour aller se coucher.

Perceval – Bizarre comme soirée, non ?

Arthur – Ça aurait pu être beaucoup plus bizarre, croyez-moi.

Perceval – Ah bon ?

Arthur – Vous auriez préféré que vous et moi, on fasse des saloperies avec les cagaudes de la taverne pendant qu'un Général byzantin castré nous reluque ?

Perceval *(abasourdi)* – La vache… J'avais pas compris ça, moi…

NOIR

Arthur *(over)* – À force de jamais rien comprendre, il va vous arriver des bricoles, un jour.

76
Choc Frontal

A. ASTIER

3 CORS

1. INT. CHAMBRE D'ARTHUR – SOIR

ARTHUR et GUENIÈVRE sont au lit.

GUENIÈVRE – Si on essayait de pas se disputer, ce soir ?

ARTHUR *(étonné)* – Mais j'ai rien dit, moi…

GUENIÈVRE – Oui, pour l'instant.

ARTHUR – Non mais elle est quand même raide, celle-là !

GUENIÈVRE – Vous voyez, vous commencez déjà à rouspéter !

ARTHUR – Mais je rouspète pas, merde !

OUVERTURE

2. INT. SALLE DU TRÔNE – JOUR

LÉODAGAN et LANCELOT attendent ARTHUR dans la salle du Trône.

LÉODAGAN – Comment ça se fait que le Roi est pas là ?

LANCELOT – Je sais pas.

LÉODAGAN – Il s'est pas réveillé, ou quoi ?

Lancelot – Je peux pas vous dire.

Un temps.

Léodagan – Qu'est-ce qu'il y a, à l'ordre du jour ?

Lancelot – J'ai pas regardé.

Léodagan – Ah ouais. C'est pas aujourd'hui qu'il y a la délégation des Druides ?

Lancelot – Vraiment, j'en sais rien du tout.

Léodagan – Si vous voulez pas parler, autant me le dire franchement !

Lancelot – Mais ça a rien à voir avec ça ! Je vous dis que j'ai pas regardé !

Léodagan – Mais je m'en tape, de ça ! C'est histoire de causer un peu ! Qu'est-ce que j'en ai à foutre de l'ordre du jour ?

Lancelot – J'ai rien contre le fait de parler, simplement, je suis désolé, j'ai pas regardé l'ordre du jour.

Léodagan – Mais je m'en fous, de l'ordre du jour, je vous dis !

Lancelot – C'est vous qui mettez ça sur le tapis !

Léodagan – Mais ça ou autre chose ! C'est pas la question ! Au début, j'ai pas parlé de ça, je vous ai demandé ce que foutait le Roi !

Lancelot – Mais j'en sais rien, ce que fout le Roi ! Je suis pas sa mère !

3. INT. SALLE À MANGER – SOIR

Arthur et Guenièvre dînent.

Arthur – Comment ça se fait qu'on dîne tout seuls, ce soir ?

Guenièvre – C'est moi qui ai demandé.

Arthur – Pourquoi ?

Guenièvre – Comme ça.

Arthur – Je comprends pas. Il y a toujours vos parents, d'habitude.

Guenièvre – Justement, on est jamais tous les deux.

Arthur – Ben non : on est jamais tous les deux puisqu'il y a toujours vos parents !

Guenièvre – Eh ben ce soir, on est tous les deux. Pourquoi, ça vous gêne ?

Arthur *(hésitant)* – Non.

Guenièvre – Bon, ben voilà, moi ça me…

Arthur *(la coupant)* – Si. Si, en fait, si. Je sais pas pourquoi je vous dis non. Si, ça me gêne.

Guenièvre – Mais pourquoi ?

Arthur – Mais je sais pas, ça me stresse ! Vous êtes là… on dirait que vous allez me demander des trucs !

Guenièvre – Je vais rien vous demander, je veux juste qu'on dîne seuls.

Arthur *(s'énervant)* – Mais pourquoi ? Merde, vous me faites flipper, à la fin ! Qu'est-ce qui vous arrive, ce soir ?

Guenièvre – Mais enfin, c'est quand même fou de faire des histoires pareilles pour rien du tout !

Arthur – Si vous avez des reproches à me faire, c'est pas la peine de virer vos parents ! D'habitude ils vous gênent pas !

Guenièvre – Mais j'ai pas de reproches, espèce de marteau !

Arthur – Alors quoi ? Vous allez juste rester là pendant tout le repas à me regarder avec des yeux de poulet ? Qu'est-ce que j'ai fait encore ?

Guenièvre – Mais rien ! Rien, vous avez rien fait !

Arthur *(criant)* – J'ai rien fait, j'ai rien fait… Je fais ce que je peux, figurez-vous ! J'ai pas quatre bras ! Alors si c'est pour me frire la tête comme quoi j'ai pas assez de considération ou je sais pas quoi…

Guenièvre *(très fort)* – Taisez-vous !

Arthur se fige.

Guenièvre *(doucement)* – Je voudrais manger avec vous pour vous avoir un peu pour moi toute seule parce que ça me fait plaisir.

Arthur reste immobile.

Arthur – C'est pas notre anniversaire de mariage ou une merde dans le genre ?

Guenièvre est découragée.

4. INT. TAVERNE – JOUR

Perceval et Karadoc déjeunent à la taverne.

Karadoc – Vous pouvez me passer le saucisson aux noisettes ?

Perceval – C'est lequel, le saucisson aux noisettes ?

Karadoc – Celui qui a des petits morceaux de noisettes dedans.

Perceval – Ah ! *(cherchant sur la table)* Il ressemble à quoi ?

Karadoc *(agacé)* – Il ressemble à un saucisson ! Vous l'avez pris tout à l'heure !

Perceval – Il doit pas être bien loin !

Karadoc – En attendant, je le vois pas !

Perceval – Ah mais c'est pas celui où j'ai dit : « Putain, celui-là, il croustille » ?

Karadoc – Sûrement, si.

Perceval – Non mais je l'ai fini, celui-là.

Karadoc *(choqué)* – Quoi ? Ho, c'est pas vrai ! Il était à peine entamé !

Perceval – Ça va ! On va en recommander un !

Karadoc – Bah évidemment qu'on va en recommander un mais c'est pas la question ! Qu'est-ce que c'est que ce comportement de merde ?

Perceval – Ouais, je me suis pas rendu compte. *(au Tavernier)* Tavernier ! Un autre sauc' aux noisettes !

Le Tavernier *(off)* – Ah, j'en ai plus de celui-là, vous venez de bouffer le dernier !

Karadoc lance un regard noir à Perceval qui reste une seconde sans mot dire.

Perceval – Je suis désolé.

Karadoc – Non, non, chut ! Je préfère pas qu'on parle. Moi, une attitude pareille, ça me coupe le sifflet.

FERMETURE

5. INT. CHAMBRE DE DEMETRA – SOIR

Arthur et Demetra sont au lit.

Arthur – Ça va, ce soir ?

Demetra – Oui, oui.

Arthur – Ça a pas l'air.

Demetra – Si, si, ça va.

Arthur *(sceptique)* – Ouais, vachement.

Demetra – C'est bon, je vous dis que ça va !

NOIR

Arthur *(over)* – J'ai compris ! C'est pas la peine de me gueuler dessus, non plus !

77
Le Forage

A. ASTIER

3 CORS

1. EXT. ABORDS DU CHÂTEAU – JOUR

Près d'un des grands murs du château, deux paysans sont en train de creuser une tranchée, surveillés de près par PERCEVAL et KARADOC. ARTHUR, intrigué, s'approche. PERCEVAL et KARADOC, visiblement de bonne humeur, accueillent ARTHUR avec le sourire.

PERCEVAL – Ah, Sire ! Vous partez à la chasse ?

ARTHUR *(absorbé par la tranchée)* – Mmh. *(se réveillant)* – Heu… non. Qu'est-ce que vous faites ?

PERCEVAL *(plaisantant)* – On cherche des truffes !

KARADOC et PERCEVAL rient. ARTHUR ne bronche pas.

OUVERTURE

2. EXT. ABORDS DU CHÂTEAU – PLUS TARD

PERCEVAL et KARADOC s'expliquent. Les paysans creusent toujours.

Perceval – Non mais c'est depuis la dernière fois, quand vous nous avez remonté les bretelles!

Karadoc – On a décidé de mettre un bon coup de collier.

Arthur *(toujours sceptique)* – Très bien. Très bien, très bien. Mais plus précisément, qu'est-ce que vous faites?

Perceval *(avec évidence)* – Ben, on cherche le Graal!

Arthur *(étonné)* – Le Graal?

> *Perceval et Karadoc, pris d'un doute, se lancent un regard inquiet.*

Karadoc – C'est pas ça qu'il faut faire?

Arthur – Si, bien sûr! Non mais évidemment! Mais comment ça se passe? Vous avez obtenu de nouvelles informations?

Perceval – À propos de?

Arthur *(perdant patience)* – Du Graal!

Perceval – Ah!

Karadoc – Ben, des informations…

Perceval – Pour être franc, ça reste quand même assez mince.

Arthur *(désignant la tranchée)* – Mais par rapport à cet endroit-là?

Perceval *(fier)* – Ah non, attention! Là, c'est de notre propre Chef!

Karadoc *(employant un mot difficile)* – C'est une initiative!

Arthur – Non mais… *(à lui-même)* c'est pourtant simple, comme question… *(aux autres)* Qu'est-ce qui fait que vous cherchez à cet endroit-là?

Perceval – Ben… rien de spécial.

Karadoc – De toute façon, il faut bien commencer quelque part !

3. EXT. ABORDS DU CHÂTEAU – ENSUITE

Perceval et Karadoc se sont lancés dans une longue explication.

Perceval – En fait, voilà. On a bien réfléchi et on s'est dit que le Graal, il devait sûrement être enterré.

Karadoc *(à Arthur)* – Qu'est-ce que vous en pensez, vous ?

Arthur – Rien.

Perceval *(poursuivant)* – Donc, par association d'idées, s'il est enterré, *(posant une devinette à Arthur)* la meilleure chose à faire, c'est de…

Arthur – Heu, non. Laissez tomber les devinettes, ça m'énerve.

Perceval – Bah, la meilleure chose à faire…

Karadoc – … c'est de creuser.

Perceval – Donc, boum ! On creuse.

Karadoc – Donc après, on s'est posé la question de la profondeur.

Perceval – Ah oui.

Karadoc – On est partis sur trois pieds et demi.

Perceval *(approuvant)* – Trois bons pieds et demi…

Karadoc *(désignant sa propre tête)* – Ah , on s'est creusé les ménages !

Arthur – Les méninges.

Karadoc – De quoi ?

Arthur – Rien. *(se prenant la tête)* Donc, si je veux résumer un peu le truc, vous allez creuser trois pieds et demi sur toute la Bretagne jusqu'à ce que vous tombiez sur le Graal. C'est ça ?

Perceval *(comme une blague)* – Ah bah, j'espère qu'on tombera dessus avant !

Karadoc et Perceval rient. Sans s'énerver, Arthur s'adresse aux paysans.

Arthur *(aux paysans, avec douceur)* – Excusez-moi. C'est bon, vous pouvez lâcher les pelles.

Les paysans se jettent un regard étonné et apeuré puis posent les pelles.

Arthur – Voilà, n'ayez pas peur. Sortez du trou. Vous allez rentrer à Kaamelott, vous allez aux cuisines, vous dites que vous venez de ma part et qu'on vous serve un repas chaud. D'accord ?

Les paysans se retirent avec déférence. Perceval et Karadoc ne comprennent pas.

Karadoc *(intrigué mais souriant)* – Qu'est-ce qui se passe ?

Arthur *(courtois)* – Non non, rien du tout. Seulement, la quête du Graal – parce que peut-être, je vous l'ai pas dit, ça –, ça doit forcément être des Chevaliers.

Karadoc – Mais… *(désignant la tranchée)* Quand même pas pour creuser…

Arthur – Ah si, si ! On n'a pas le droit de prendre des… des péquenauds. Alors bon, c'est con, je sais, mais c'est pas moi qui… Il faut que ce soit des Chevaliers. *(les poussant un peu dans le trou)* Allez-y, descendez !

Karadoc – On creuse avec les capes ?

Arthur – Oui oui, avec les capes… enfin, tout ce qui fait le Chevalier, quoi !

Perceval – On va pas être à l'aise…

Arthur – Non mais il faut prendre le coup. C'est obligé, de toute façon. On va pas discuter deux heures.

Karadoc – On a le droit d'utiliser les pelles ?

Arthur – Ah par contre, les pelles, ouais.

4. EXT. ABORDS DU CHÂTEAU – ENSUITE

Les Chevaliers sont dans la tranchée avec les pelles et creusent timidement, sans entrain.

Arthur – Alors comment ça va se passer, au juste ? *(indiquant les directions)* Mettons, vous taillez jusqu'à la mer. Bon mais après, vous bifurquez vers l'Irlande ou vous commencez par la côte sud ?

Perceval – Ben… On n'y a pas pensé, encore.

Karadoc *(tentant de se repérer dans l'espace)* – Moi, j'ai pas bien la notion de…

Arthur – Si je peux me permettre, tant qu'il fait beau, vous vous débarrassez de toute la moitié nord du pays – en plus, vous allez passer par Stonehenge et tout, au printemps, c'est magnifique –, vous mettez un bon coup de fouet sur l'Écosse avant qu'il neige et vous revenez tranquilles pour finir la moitié sud, début d'hiver prochain.

Perceval – De toute façon, on avisera sur le moment !

Arthur – Par contre, juste une chose, vous creusez où vous voulez mais si vous croisez du monde qui vous demande ce que vous faites, surtout, vous dites pas que vous bossez pour moi.

Perceval – Ah non ?

Arthur – Non, je préfère pas. Parce qu'on est déjà en bisbille avec les Seigneurs de l'Ouest, si en plus vous creusez des tranchées sur leur domaine, ils sont capables de mal le prendre.

Perceval – Ah d'accord.

Karadoc *(complice)* – Motus!

Arthur s'en va. Les Chevaliers continuent de creuser.

FERMETURE

5. EXT. ABORDS DU CHÂTEAU – PLUS TARD

Les Chevaliers creusent. Les armures s'entrechoquent.

Karadoc – J'arrive pas bien à lever les bras, avec cette cape…

Perceval – Il faut y aller plus avec le dos. Regardez, hop!

Karadoc *(essayant)* – Ah ouais, remarquez…

Perceval – C'est un coup à prendre.

Karadoc *(apercevant quelque chose au fond)* – Ho! Qu'est-ce que c'est que ça?

Les deux hommes, scrutant le fond du trou, semblent émerveillés.

Perceval – Faites voir…

NOIR

Perceval *(over)* – On dirait un os de dinde…

78
Le Discobole

A. Astier

3 CORS

1. INT. CHAMBRE D'ARTHUR – NUIT

Arthur entre dans sa chambre pour se coucher; il est épuisé. Il n'a pas aperçu la statue de discobole de taille humaine qui se dresse dans un coin de la pièce. Soudain, son regard tombe sur l'œuvre. Il sursaute de peur et dégaine son arme avant de se rendre compte de sa méprise. Il souffle, rassuré, puis inspecte la statue avec méfiance. Contrarié et impatient de savoir ce que cet objet fabrique dans ses appartements, il appelle Angharad.

OUVERTURE

2. INT. CHAMBRE D'ARTHUR – PLUS TARD

Arthur tente de soutirer à Angharad des informations à propos de la statue.

Arthur *(désignant la statue)* – Qu'est-ce que c'est, ce truc ?

Angharad – Quel truc ? La statue ?

Arthur – Oui, la statue, oui! Pas le mur du fond! Qu'est-ce que c'est?

Angharad – Ben… c'est une statue…

Arthur – Ne me prenez pas pour un abruti, je vous préviens!

Angharad – Vous me posez la question!

Arthur *(énervé)* – Je vous demande ce que ce machin fout dans ma chambre!

Angharad – Vous allez pas m'engueuler, non plus!

Arthur *(hurlant)* – Mais je vous engueule pas!

Angharad – C'est Madame qui a ramené ça de son voyage à Rome.

Arthur – Ah, parce que Madame est rentrée? Première nouvelle!

Angharad – Elle voulait vous faire la surprise.

Arthur *(levant les yeux au ciel)* – Super. Et elle a trimbalé cet engin depuis Rome jusqu'ici pour me faire une surprise?

Angharad – Il faut la comprendre. Elle sent que votre couple bat de l'aile… elle a voulu faire un geste. Moi, je crois que vous vous montrez trop dur avec elle. Vous devriez lui laissez la possibilité de vous séduire à sa manière sans l'enclaver dans une situation de dépendance affective…

Arthur *(coupant court)* – Hou là là! Alors occupez-vous de vos miches et foutez-moi le camp.

3. INT. CHAMBRE D'ARTHUR – ENSUITE

Arthur tente d'obtenir des informations de Guenièvre.

Guenièvre – Je m'excuse mais je vois vraiment pas de raison de se fâcher !

Arthur – Mais je ne suis pas fâché ! Je monte me coucher, je rentre dans la chambre, je vois un type dans le fond avec une assiette dans la main ! Mettez-vous à ma place !

Guenièvre – Un disque.

Arthur – De quoi ?

Guenièvre – C'est pas une assiette, c'est un disque.

Arthur – Je vois pas bien ce que ça change !

Guenièvre – Ça change que ça représente un discobole. Un athlète grec s'apprêtant à effectuer un lancer. Ça vient de Santorin, c'est du meilleur goût, les Romains en raffolent et ça nous change un peu de la décoration de d'habitude.

Arthur – Ah bah, ça change, oui ! Un mec tout nu qui balance des assiettes…

Guenièvre – Des disques !

Arthur – Oui enfin, je m'excuse, je vois pas bien l'intérêt.

Guenièvre – Moi, ça m'intéresse.

Arthur – Les types qui lancent des disques ?

Guenièvre – Parfaitement.

Arthur *(ironique)* – Et c'est grec, ça, comme sport ?

Guenièvre – Voilà.

Arthur *(faussement admiratif)* – Balaise. *(faussement curieux)* Mais comment ça se passe, exactement ? Ils comptent les points ? Ils les lancent sur qui, les disques ? Je veux dire, il faut forcément que ça soit des disques ou ils peuvent balancer ce qu'ils veulent ?

Guenièvre – Je ne connais pas le détail.

Arthur – Ah mince. *(courtois, désignant la statue)* Bon, moi, je vais balancer ce fourbi dans les escaliers. Ça me fera faire un peu de sport.

Guenièvre *(vexée)* – Ah forcément ! Dès que c'est pas des boucliers, des haches ou des crânes de Vikings !

Arthur – Ah mais si vous voulez, je balance le reste, aussi. Moi, je m'en fous, de la décoration ; je veux dormir.

Guenièvre – C'est toujours vous qui avez le dernier mot !

Arthur commence à essayer de déplacer la statue vers la sortie.

Arthur – Écoutez, il y a certainement quelque chose que vous n'avez pas bien compris, c'est que je suis Chef de Guerre, ici. *Dux Bellorum*, comme on dit à Rome.

Guenièvre – Oui et alors ?

Arthur – Et alors, figurez-vous que les *Dux Bellorum* ne décorent pas leur chambre avec des bonshommes sportifs qui se baladent le sifflet à l'air. C'est pas tellement l'ambiance !

Guenièvre – À Rome, si.

Arthur – À Rome, ils font ce qu'ils veulent.

Guenièvre – N'empêche que là-bas, tout le monde en a.

Arthur – Donc, ça n'étonne personne. Le problème, c'est qu'ici, il y a que moi qui en ai ! Ça change tout.

Guenièvre – Vous êtes Roi, vous faites ce que vous voulez.

Arthur – Justement non. C'est parce que je suis Roi que je ne peux pas faire ce que veux. Surtout pas entasser dans mes appartements des machins qui pourraient me faire passer pour une femmelette !

GUENIÈVRE – Je fais faire cinq mille kilomètres à cette statue ; vous arrivez, elle vous plaît pas, hop ! Vous la flanquez dehors ! C'est un peu facile !

ARTHUR – C'est tellement facile que je vais peut-être systématiser le processus. Parce qu'il y a pas que la statue, qui m'emmerde.

4. INT. CHAMBRE D'ARTHUR – ENSUITE

ARTHUR fait face aux arguments de sa femme.

GUENIÈVRE – Ce que je voudrais que vous compreniez, c'est qu'il faut pas forcément y voir un homme tout nu.

ARTHUR – Ah ouais, je suis mal barré, alors.

GUENIÈVRE – Il faut plutôt y voir un élan.

ARTHUR – Un élan ?

GUENIÈVRE – Pas l'animal, hein !

ARTHUR – Ah oui. Je me disais…

GUENIÈVRE – Ce qui compte, c'est le mouvement.

ARTHUR – Ben, c'est bien le problème, il bouge pas.

GUENIÈVRE – Écoutez, je comprends parfaitement le problème. La virilité, vos responsabilités, le jugement des autres… D'accord, je me suis peut-être trompée, c'est pas forcément le bon endroit. D'accord. On l'enlève.

ARTHUR – Ah, quand même.

GUENIÈVRE – Je veux juste savoir une chose. En dehors de tout ça, honnêtement, sans parler de contexte, entre vous et moi, comment trouvez-vous cette œuvre ?

ARTHUR – Super moche.

FERMETURE

5. INT. COULOIRS – JOUR

> *Bohort est visiblement très intéressé par la statue qui est restée dans le couloir, devant la porte de la chambre d'Arthur. Perceval le questionne.*

Bohort – J'arrive, boum! Un discobole! Mettez-vous à ma place!

Perceval – Mais ça représente quoi, au juste?

Bohort – C'est grec.

Perceval – Oui mais je veux dire, pourquoi il est tout nu, le type?

Bohort – Non mais il faut plutôt y voir… un élan.

NOIR

Perceval *(over, sans comprendre)* – Un élan?

79
L'Expurgation De Merlin

A. Astier

3 CORS

1. INT. SALLE DE LA TABLE RONDE – JOUR

Arthur et le Répurgateur sont en pleine séance de travail. Alors qu'Arthur compulse une série de parchemins, le Répurgateur s'endort.

Le Répurgateur *(se réveillant en sursaut)* – Hérétique! Au bûcher! Au bûcher!

Arthur – Qu'est-ce qui vous prend? Vous êtes louf!

Le Répurgateur – Excusez-moi, Sire… Je me suis assoupi.

OUVERTURE

2. INT. TENTE DE SOINS – JOUR

Le Répurgateur est venu provoquer Merlin sous sa tente, tandis que celui-ci essaie de soigner Perceval blessé au visage.

Le Répurgateur *(hurlant)* – Magie noire! Cet homme utilise la magie! Renie ta faute, hérétique!

Merlin – Mais vous allez me foutre le camp, oui?

Perceval *(au Répurgateur)* – Essayez de pas trop le déconcentrer…

LE Répurgateur – Tu devras rendre compte de tes agissements sataniques! Renonce ou sois maudit!

Merlin – Il faut bien que je le soigne! Il pisse le sang!

LE Répurgateur – Tu dois le laisser mourir si telle est sa destinée!

Perceval – Ah non, merde!

Merlin – Mais arrêtez de dire des conneries et laissez-moi faire mon travail!

LE Répurgateur *(plus calme)* – Non mais sans blague, c'est interdit, la magie. On l'a pourtant dit et répété…

Merlin – Je viens pas vous emmerder, moi, quand vous faites cramer des sorcières! Alors foutez-moi la paix!

LE Répurgateur *(à lui-même)* – Non, le plus triste là-dedans, c'est que je vais être obligé de prendre des mesures… *(ému)* Ah, Dieu m'est témoin que j'aurai tout tenté pour ne pas en arriver à de telles extrémités…

3. INT. SALLE DE BAINS – JOUR

Arthur prend son bain. Soudain, le Répurgateur entre en trombe.

LE Répurgateur *(hurlant)* – Au bûcher!

Arthur *(sursautant)* – Non mais ça va bien? Qu'est-ce qui vous prend?

LE Répurgateur – Un cas d'une extrême urgence, Sire!

Arthur – Ça peut pas attendre deux minutes?

LE Répurgateur – C'est à propos de l'hérétique, Sire!

Arthur – Lequel?

LE Répurgateur – L'autre grand, là… avec ses petits flacons et ses jérémiades! Moi, je vous préviens, je suis arrivé en bout de moulinet avec celui-là!

Arthur – Bon alors quoi ?

Le Répurgateur – Cet homme pratique la magie, Sire !

Arthur – C'est un magicien ! Qu'est-ce que vous voulez qu'il pratique d'autre ?

Le Répurgateur *(appuyant les syllabes)* – On l'a dit, re-dit, re-re-dit : la magie est une chose démoniaque et ceux qui continuent à la pratiquer seront purifiés par les flammes ! Voilà !

Arthur – Ah non, hein ! Pas Merlin !

Le Répurgateur – Non mais il souffrira pas…

Arthur – Non !

Le Répurgateur – Mais pourquoi, Sire ?

Arthur – Parce que j'en ai besoin.

Le Répurgateur *(avec mépris)* – C'est parce qu'il fait ses petites mixtures, là… Hein ? Ses petits dessins par terre, hein ? Ses petites incantations : « gna-gna-gna, gna-gna-gna »…

Arthur – Il fait pas souvent des bonnes choses, je vous l'accorde mais dans les batailles, il m'a quand même sorti une ou deux fois du pétrin.

Le Répurgateur – Non, Sire, allez, on arrête de rigoler, de plaisanter… Merlin, bon, on le brûle…

Arthur – Non !

Le Répurgateur – Si, on le brûle parce que, de part ma fonction au sein du gouvernement, je me dois de faire appliquer ce que de droit et du coup, on le brûle.

Arthur – À moins qu'il ne reconnaisse l'existence de votre Dieu unique…

Le Répurgateur *(gentil)* – Non, Sire, il faut pas dire mon Dieu unique, hein… On en a parlé… C'est celui de tout le monde !

Arthur – Oui, le Dieu unique, si vous préférez.

Le Répurgateur *(grand seigneur)* – Si Merlin jure sa fidélité au Dieu unique… Alors là, bon, je verrai ce que je peux faire.

4. INT. TENTE DE SOINS – JOUR

Arthur et le Répurgateur sont venus sous la tente de Merlin.

Arthur *(à Merlin)* – Eh ben allez-y !

Le Répurgateur – Allez, allez ! « Je reconnais… »

Merlin *(boudeur)* – Je reconnais…

Le Répurgateur – « … l'existence et la toute-puissance… »

Merlin – … l'existence et la toute-puissance… »

Le Répurgateur – « … du Dieu unique et de Jésus Christ, notre sauveur. »

Merlin bloque.

Le Répurgateur – Alors ? Sire ! Il veut pas ! Hérétique ! Au bûcher !

Arthur – Ah mais fermez-là, deux secondes ! *(à Merlin)* Allez-y, finissez et après on n'en parle plus.

Merlin *(de bout des lèvres)* – … du Dieu unique.

Le Répurgateur – « … et de Jésus Christ. »

Merlin – Et de Jésus Christ.

Le Répurgateur – « … notre sauveur. »

Merlin – Notre sauveur.

Le Répurgateur *(s'approchant de Merlin avec provocation)* – Voilà. C'est bien. Et maintenant que je vous surprenne pas à baragouiner vos petites chansonnettes, hein ! Sinon après, je vous fais du sur-mesure, moi : la souffrance, la torture, les cris… Et ce sera trop tard pour me supplier.

FERMETURE

5. INT. SALLE DE LA TABLE RONDE – JOUR

LE RÉPURGATEUR, dont les cheveux, la moustache, la barbe et les sourcils ont poussé de façon prodigieuse, est en pleine discussion avec ARTHUR.

LE RÉPURGATEUR – Hérétique ! Au bûcher !

ARTHUR – Ah ! Mais qu'est-ce que c'est que ça ? Qu'est-ce qui vous arrive ?

LE RÉPURGATEUR – C'est Merlin ! Il m'a collé une malédiction ! Au bûcher !

ARTHUR – Sauf que vous êtes pas vraiment sûr que ce soit lui…

LE RÉPURGATEUR – Mais si !

ARTHUR – En tout cas, moi, sans preuve, je peux rien faire.

DEMETRA – Oui, s'il vous plaît…

LE RÉPURGATEUR – Hérétique !

NOIR

LE RÉPURGATEUR *(OVER)* – Est-ce que vous auriez une paire de ciseaux ?

80
Les Volontaires

A. ASTIER

3 CORS

1. INT. TAVERNE – JOUR

KARADOC et PERCEVAL se lamentent sur leur sort autour d'un verre.

PERCEVAL – Moi, je trouve qu'on file du mauvais coton, en ce moment.

KARADOC – Ouais… Ça fait combien de temps qu'on a pas eu les félicitations du Roi Arthur?

Les deux hommes réfléchissent. PERCEVAL compte sur ses doigts.

PERCEVAL – Moi, je crois que c'est le moment de mettre un bon coup de collier!

Ils finissent leur verre, cul-sec.

OUVERTURE

2. INT. SALLE DE LA TABLE RONDE – JOUR

Les hommes d'ARTHUR sont en pleine réunion de la Table Ronde.

ARTHUR – Du coup, je pense que ce serait une bonne chose d'aller récupérer ces diamants.

GALESSIN – Vous croyez que ces souterrains sont inhabités ?

LÉODAGAN – Il paraît que c'est plein de Gobelins !

ARTHUR – Justement, si les diamants sont là-dedans, les Gobelins les ont sûrement trouvés.

LANCELOT – Du coup, vous pouvez pas y aller tout seul, Sire.

ARTHUR – C'est pour ça qu'il me faut deux volontaires.

KARADOC – Sire, Seigneur Perceval et moi-même nous portons volontaires pour cette périlleuse mission.

Tous les Chevaliers rient. ARTHUR aussi, jusqu'à ce qu'il remarque la mine sérieuse et résolue de PERCEVAL et KARADOC.

ARTHUR – Non, sans déconner…

PERCEVAL – On a décidé de s'intéresser un peu à toutes ces histoires, là.

KARADOC – On vous entend toujours parler de missions…

ARTHUR *(hésitant)* – Ben… faut voir…

BOHORT – Sire, ça peut être dangereux !

LÉODAGAN – Ouais… Les combats en souterrain, c'est spécial, quand même.

ARTHUR – En même temps, pour une fois qu'ils se portent volontaires, je vais pas leur dire de rester là. *(à Perceval et Karadoc)* Allez, filez faire vos paquetages et oubliez pas les torches.

PERCEVAL et KARADOC sont joyeux, comme pour un départ en voyage touristique.

3. INT. CAVERNE – JOUR

ARTHUR, PERCEVAL et KARADOC, éclairés par leurs seules torches, progressent lentement dans les couloirs du souterrain puis s'arrêtent. PERCEVAL et KARADOC ont peur.

KARADOC – C'est quand même sombre…

PERCEVAL – J'ose même pas imaginer ce que ce serait si les torches tombaient en rideau!

Les deux Chevaliers rient nerveusement.

ARTHUR – Vous allez la fermer, oui?

KARADOC – Excusez, Sire.

PERCEVAL – Il faut admettre, c'est quand même pas ce qu'il y a de plus guilleret, comme endroit…

KARADOC – Ouais, moi, je voyais ça plus…

PERCEVAL – Ouais, ouais, plus… Ouais, moi aussi.

KARADOC – Là, c'est quand même vachement sombre.

ARTHUR *(agacé)* – Vous savez qu'on a trois fois plus de chances de se faire attaquer si vous faites du bruit?

PERCEVAL – Attendez, Sire, on va pas se faire attaquer là-dedans! On n'a même pas la place de dégainer!

ARTHUR – Ah bah, c'est comme ça. C'est la particularité des combats en souterrain. Il y a pas la place.

KARADOC – Sire, vous qui avez l'habitude, ça vous embêterait pas de fermer la marche? Rien que de savoir qu'on peut me foncer dans le dos, je vous dirais franchement, je suis pas rassuré.

ARTHUR – Vous préférez ouvrir la marche?

KARADOC *(n'ayant pas pensé à ça)* – Heu… Ben, je vais me mettre entre vous deux, alors.

PERCEVAL – Ah non, j'aime autant pas.

Karadoc – Pourquoi pas ?

Perceval – Parce que non. Du coup, je suis derrière.

Karadoc – Derrière ou devant, c'est comme vous voulez !

Perceval – Non mais devant non plus. Ça me… Non, j'aime pas. Je suis bien, là.

Karadoc – On peut faire un peu chacun son tour ?

Perceval – Non plus, non. Je vais rester là et je voudrais bien que vous arrêtiez de proposer des trucs.

Au loin, dans le souterrain, quelques petits rires sardoniques se font entendre.

Perceval *(apeuré)* – Qu'est-ce que c'est que ça ?

Arthur – Des Gobelins, sûrement.

Karadoc – C'est dangereux, ça, les Gobelins ?

Arthur – Un par un, non, pas trop. Mais là, apparemment, ils sont pas loin d'une dizaine. Ça, c'est plus chiant.

Perceval – Vous croyez qu'ils accepteraient de venir un par un ?

4. INT. CAVERNE – ENSUITE

Arthur prépare l'assaut.

Arthur – Qui a l'arbalète ?

Perceval – Moi.

Arthur – Je vais vous montrer comment on fait pour éviter le pire. Karadoc, vous dégainez et vous vous occupez de l'arrière.

Karadoc dégaine son épée et se tourne dos aux deux autres.

Arthur – Moi, je dégaine vers l'avant.

Arthur dégaine Excalibur et protège l'avant.

Arthur *(à Perceval)* – Et vous, vous êtes protégé des deux côtés et vous vous tenez prêt à tirer.

Perceval *(visant tantôt devant lui, tantôt derrière)* – Ah ouais, c'est vachement bien comme ça !

Arthur – Et vous visez au-dessus des épaules, hein ! Nous tirez pas dans les miches !

Au loin, les Gobelins rient de nouveau, manifestement plus près des Chevaliers que tout à l'heure.

Arthur – Bon, on va y aller. Vous êtes prêts ?

Perceval et Karadoc – Prêts !

Arthur – Si on tient bien cette position, vous verrez que tout se passera bien. Attention ! On y va !

Arthur fonce vers les Gobelins tandis que Perceval et Karadoc foncent vers la sortie. Au fond du souterrain, une bataille s'engage.

FERMETURE

5. INT. TAVERNE – JOUR

Karadoc et Perceval sont attablés devant un verre, très inquiets à propos de leur Roi.

Perceval – Non mais je me souviens pas l'avoir entendu parler de fuite !

Karadoc – Il dit : « Attention, on y va ! » « On y va ! », ça veut dire « On se casse ! »

Perceval – C'est pas clair.

Karadoc – On allait pas partir à trois contre dix Gobelins, de toute façon.

Perceval – Bah non.

Karadoc – Bon bah on a fait ce qu'il fallait, c'est tout.

NOIR

Karadoc *(over)* – Et voilà. Mission accomplie.

81
Polymorphie

A. ASTIER

3 CORS

1. INT. SALLE À MANGER – JOUR

Ygerne, Guenièvre et Séli déjeunent. Guenièvre a le regard vide et mange sans appétit.

Séli *(remarquant la tête de sa fille)* – Qu'est-ce que vous avez ? Ça va pas ?

Guenièvre – Si, si, mère. Je ne sais pas, je le trouve un peu triste, ce repas.

Ygerne – Ça s'appelle le calme.

Séli – On est entre femmes. Vous n'avez pas remarqué que personne ne hurle ou ne casse les verres ?

Guenièvre *(regardant autour d'elle)* – Ah oui, c'est ça, vous avez raison.

OUVERTURE

2. INT. SALLE À MANGER – PLUS TARD

Le déjeuner se poursuit.

Guenièvre *(rêveuse, à Ygerne)* – Dites-moi, belle-mère, vous ne nous avez jamais raconté comment le père d'Arthur vous avait séduite…

Ygerne – Il m'a jamais séduite.

Séli *(étonnée)* – Vous connaissez pas l'histoire ?

Guenièvre – Ah non.

Ygerne – À l'époque, j'étais mariée au Duc de Gorlais, figurez-vous. Tout allait bien dans le meilleur des mondes, sauf que Pendragon arrêtait pas de me faire la cour.

Séli – Pendragon, c'était le meilleur ami de Gorlais, en plus. Je vous dis ça pour que vous compreniez un peu le genre des loustics de l'époque.

Ygerne – Alors comme moi, je voulais pas de lui, Pendragon est allé voir Merlin en lui demandant de le transformer en Gorlais.

Guenièvre – Mais… comment ça « le transformer » ?

Séli – Merlin fait boire une mixture à Pendragon et hop ! Il se retrouve avec la tête du mari.

Ygerne – Et il débarque chez moi un soir où le Duc est en guerre, il vient se coucher, moi – mettez-vous à ma place – je fais comme d'habitude, il avait la même tête ! Et voilà comment est né Arthur.

Guenièvre *(ébahie)* – Ho là là !

Ygerne – Ce qui aurait dû me mettre la puce à l'oreille, c'est quand il a demandé qu'on lui monte des tartines. Mon vrai mari se serait jamais permis de manger au lit.

3. INT. CHAMBRE D'ARTHUR – SOIR

Arthur est en train de se déshabiller assis au bord du lit. Guenièvre est sous les draps, inquiète.

Guenièvre – Qu'est-ce que vous faites ?

Arthur – Comment ça « qu'est-ce que je fais » ? Je me page !

Guenièvre – Qu'est-ce qui me dit que c'est bien vous ?

Arthur *(perdu)* – De quoi ?

Guenièvre – Qu'est-ce qui me dit que vous êtes bien le Roi Arthur, mon mari ?

Arthur – Mais qu'est-ce que vous me chantez ? Vous avez picolé ou quoi ?

Guenièvre – Ygerne m'a raconté le subterfuge de Pendragon, figurez-vous. La potion de Merlin, la métamorphose, tout !

Arthur – Ah, encore ces vieilles conneries…

Guenièvre – Quoi, vous n'y croyez pas ?

Arthur – J'en sais rien… C'est un peu tiré par les cheveux, je trouve.

Un temps.

Arthur – C'est quand même un peu facile de tromper son mari et de dire à tout le monde : « Ouais, c'est pas ma faute, il avait la même tête ! » Non et puis Merlin, il arrive déjà pas à monter des blancs en neige alors une potion de polymorphie, permettez-moi d'avoir des doutes.

Il va pour se coucher.

Guenièvre – Attendez ! Avant de vous coucher, je veux être absolument certaine que c'est bien vous !

Arthur – Ah mais c'est bon, maintenant ! Vous allez pas me gonfler avec ça jusqu'à demain ! Bien sûr que c'est moi ! Qui voulez-vous que ce soit ?

Guenièvre – Je ne sais pas ! Un de vos meilleurs amis, par exemple ! Qui aurait décidé d'utiliser un subterfuge pour arriver à ses fins !

Arthur – Mais ne dites pas n'importe quoi, je vous en prie ! Mon meilleur ami c'est Lancelot, je pense pas que ça l'intéresse des masses de se retrouver au plumard avec vous.

Guenièvre – Ah oui? Figurez-vous que nous nous entendons à merveille, Seigneur Lancelot et moi!

Arthur – Bon ben vous vous entendez à merveille, d'accord, seulement ce soir, c'est pas lui, c'est moi.

Guenièvre – Prouvez-le!

Arthur – Mais comment voulez-vous que je vous prouve que je suis moi? Ça devient débile, à la fin!

Guenièvre – Je suis désolée, je ne couche pas avec n'importe qui!

Arthur – Eh ben posez-moi une question intime, sur nous deux, comme ça si je réponds, c'est que c'est moi!

Guenièvre – Quel âge j'ai?

Arthur a beau chercher, il ne peut pas se souvenir de l'âge de sa femme.

4. INT. CHAMBRE D'ARTHUR – ENSUITE

Guenièvre refuse de laisser Arthur se coucher à ses côtés.

Arthur *(la tête dans les mains)* – Faites un effort, je vous en prie, je suis claqué, je me lève tôt!

Guenièvre – Si c'est vraiment vous, vous devriez être fier des efforts que je fais pour rester fidèle!

Arthur – Mais je suis fier, là! Je suis très fier!

Guenièvre – Au moins, demain, je n'aurai pas à rougir.

Arthur – Écoutez, on passe un marché.

Guenièvre – Quel marché?

Arthur – Je me couche mais je vous touche pas. Ça va?

Guenièvre – Comment ça ?

Arthur – Je me couche à côté de vous, là, mais je vous touche pas. Du coup, ça peut bien être moi ou Lancelot ou le paysan du coin, ça change rien puisque je vous touche pas !

Guenièvre – J'ai votre parole ?

Arthur – Ah, sur la tête de qui vous voulez !

Guenièvre – Sur la tête du Roi Arthur !

Arthur – Eh ben voilà, je jure sur la tête du Roi Arthur ! Allez, bonne nuit.

Il se couche.

Guenièvre *(souriante)* – Lancelot aurait jamais osé jurer sur votre tête. Maintenant, je suis sûre que c'est bien vous. *(après une seconde)* Du coup, vous avez le droit de me toucher, si vous voulez.

Arthur *(presque endormi)* – Je peux pas, j'ai juré sur ma tête.

FERMETURE

5. INT. LABORATOIRE DE MERLIN – JOUR

Lancelot est passé voir Merlin dans son laboratoire.

Merlin – Qu'est-ce qui me vaut l'honneur, Seigneur Lancelot ?

Lancelot – Je me demandais combien vous prendriez pour une potion de polymorphie…

Merlin *(après avoir sifflé)* – Une potion de polymorphie ?

Lancelot – C'est pour séduire une dame.

Merlin *(souriant)* – Ah ouais, ça marche pas mal, ça. En quoi vous voulez vous transformer ?

Lancelot *(hésitant)* – En un personnage célèbre !

Merlin – Ah ouais !

NOIR

Merlin *(over)* – Moi, je me suis mis en Jules César, une fois ! Je vous raconte pas la soirée !

82
Décibels Nocturnes

A. Astier

3 CORS

1. INT. CHAMBRE D'ARTHUR – NUIT

Arthur ronfle à tel point que Guenièvre ne peut parvenir à trouver le sommeil. Elle se décide à le réveiller en le secouant.

Arthur *(en sursaut)* – Ho! Pourquoi faire? *(réalisant)* Qu'est-ce qui se passe?

Guenièvre – Vous ronflez!

Arthur – Ah… Excusez-moi, c'est parce que je suis sur le dos.

Il se retourne et s'installe sur le côté. Au bout de quelques secondes, il recommence à ronfler de plus belle. Guenièvre reste sans réaction.

OUVERTURE

2. INT. LABORATOIRE DE MERLIN – JOUR

Arthur est venu voir Merlin pour tenter de trouver un remède à ses ronflements.

Arthur – D'après ma femme – alors, ça vaut ce que ça vaut –, il paraîtrait que je ronfle.

Merlin – Et ça vous embête.

Arthur – Ben moi, non, je m'en fous mais soi-disant que c'est insupportable, qu'il y a pas moyen de fermer l'œil et tout le colis.

Merlin – Alors du coup, comment ça va se goupiller ? Vous allez faire chambre à part ?

Arthur *(en colère)* – Non, on va pas faire chambre à part, vous allez faire votre boulot, pour une fois, et vous allez utiliser votre magie pour m'enlever ça !

Merlin – Ma magie, ma magie…

Arthur – Oui, votre magie, oui ! Parce que moi, j'étais parti du principe que vous étiez magicien ! Mais si je me suis gouré, j'arrête définitivement de vous demander des trucs, vous retournez dans votre cahute dans la forêt et vous me libérez les locaux !

Merlin – Non mais on va trouver une combine ! Le meilleur truc pour le ronflement, c'est deux œufs durs dans la bouche pour dormir.

Arthur – Hein ?

Merlin – Deux œufs durs, un de chaque côté, vous fermez la bouche et vous dormez comme ça. Essayez, vous verrez…

Arthur fait mine d'être impressionné.

Merlin – Qu'est-ce qu'il y a ?

Arthur – Non mais quand on est pas habitué, c'est impressionnant, la magie.

3. INT. CHAMBRE DE DEMETRA – SOIR

Arthur est au lit avec Demetra. Il commence progressivement à s'endormir sur son parchemin.

Demetra – Hé !

Arthur *(se réveillant)* – Hein ?

Demetra – Vous vous endormez.

Arthur – Ah ouais.

Il se saisit d'un linge à côté du lit, le déplie et en sort deux œufs durs pelés.

Arthur – Si vous avez un truc à me dire, c'est maintenant.

Demetra – Parce que ? *(désignant les œufs)* Qu'est-ce que vous allez faire, avec ça ?

Arthur – Justement, je vais me les mettre dans la tronche. Donc si vous voulez me dire un truc…

Demetra – Mais pourquoi vous faites ça ?

Arthur – Rien, pour le ronflement mais on s'en fout ! Je vous dis que je vais me coller ça dans le museau donc, si vous avez un truc à me dire, c'est maintenant.

Demetra – Parce que si vous mettez des œufs dans votre bouche, j'ai pas le droit de vous parler ?

Arthur – Mais si mais je peux pas vous répondre !

Demetra – Donc j'ai le droit de vous dire des trucs où il y a pas besoin de répondre.

Arthur – Oh merde, là.

Il enfonce les deux œufs durs dans sa bouche et referme ses mâchoires d'un claquement sec. Il s'apprête à dormir.

Demetra – Qui c'est qui vous a dit de faire ça ?

Arthur *(agacé de devoir parler)* – Merlin.

Demetra – Vous êtes sûr que vous avez bien compris ce qu'il vous a dit ?

Arthur *(énervé, la bouche pleine)* – Je vous ai dit que je pouvais pas parler !

Demetra – Bon ben moi, je dors.

Demetra prend deux rondelles de concombre et se les applique sur les yeux.

Arthur *(intrigué)* – Qu'est-ce que vous faites?

Demetra – Il paraît que c'est bon pour les cernes.

Arthur – Qui c'est qui vous a dit ça?

Demetra – Merlin.

Arthur réfléchit quelques secondes.

Arthur – Un jour, je vais lui fumer sa gueule, à ce connard.

4. INT. LABORATOIRE DE MERLIN – JOUR

Arthur est venu se plaindre à Merlin.

Arthur – Ça marche pas, mais pas, mais pas du tout!

Merlin – Du tout du tout?

Arthur – Non. Et en plus, j'ai failli m'étouffer!

Merlin – D'habitude, ça marche!

Arthur – Eh ben là, ça marche pas.

Merlin – Vous avez pris des crevettes grises ou roses?

Arthur – Quelles crevettes? Vous m'avez dit des œufs!

Merlin – Pour votre ronflement?

Arthur – Oui!

Merlin – Non, c'est pas des œufs, c'est des crevettes. Une dans chaque narine. Les œufs, c'est pour les aphtes!

Arthur *(très en colère)* – Vous faites bien de me le dire maintenant!

Merlin – Et les aphtes, ça va mieux?

Arthur – Mais j'ai jamais eu d'aphtes, merde!

Merlin – Juste le ronflement ?

Arthur – Mais oui ! Est-ce que j'ai parlé d'autre chose ?

Merlin – Alors, le ronflement, c'est une crevette dans chaque narine. Vous allez vous rappeler ou vous voulez que je vous y marque ?

Arthur – C'est vous qui devriez le marquer, espèce de con !

FERMETURE

5. INT. CHAMBRE D'ARTHUR – SOIR

Arthur s'apprête à dormir aux côtés de sa femme. Il a une crevette dans chaque narine.

Guenièvre – Je sais pas si les crevettes c'est bien mieux que les ronflements…

Arthur – Elles font pas de bruit, les crevettes, elles sont mortes.

Guenièvre – Qu'est-ce que je fais ? J'éteins ?

Arthur – Vous faites comme vous voulez.

Guenièvre – Ben là, du coup, oui… J'aime autant.

Elle souffle la bougie.

NOIR

Au bout de quelques secondes, Arthur commence à ronfler.

83
La Fête De L'Hiver

A. Astier

3 CORS

1. INT. CHAMBRE DE LÉODAGAN – SOIR

Léodagan et Séli sont au lit.

Séli – Ah oui, au fait, vous savez pas la dernière des Chrétiens ?

Léodagan – Non. Des qui ?

Séli – Des Chrétiens. Soi-disant que pour fêter saint Jean…

Léodagan – Fêter qui ?

Séli – Saint Jean – c'est un évangéliste ou je sais pas quoi – il faut faire des feux.

Léodagan – Des feux ?

Séli – Voilà. Des grands feux. Les feux de la Saint-Jean.

Léodagan – Bah c'est bon, les Saxons ont dit que dans trois jours, ils arriaient pour cramer le château. Les feux, c'est pas ça qui va manquer.

OUVERTURE

2. INT. SALLE DU TRÔNE – JOUR

Ygerne s'est présentée à son fils Arthur dans la salle du Trône. Aux côtés du Roi, Léodagan assiste à la séance de doléances.

Ygerne – Je me suis inscrite au registre, j'ai attendu mon tour, je ne vois pas pourquoi je ne pourrais pas être reçue!

Arthur – Parce que c'est pas le moment, mère… Je travaille, là!

Ygerne – Vous n'êtes pas censé recevoir les doléances de votre peuple?

Arthur – De mon peuple, si, mais pas de ma mère!

Léodagan – Ici, c'est pas fait pour régler les problèmes privés.

Arthur – Et puis mère, sans blague, si vous avez besoin de me dire quelque chose, vous savez où me trouver! Je vois pas pourquoi vous venez vous inscrire au registre!

Ygerne – Vous n'avez jamais le temps de parler!

Arthur – Mais parler de quoi?

Léodagan – Sans blague, laissez-nous bosser! Vous lui direz bien ce que vous voulez au repas de midi!

Ygerne – Dois-je comprendre que vous déclinez ma requête?

Arthur – Mais c'est pas que je décline…

Léodagan – Disons que c'est pas assez officiel.

Ygerne – Alors j'ai l'honneur de vous apprendre que non seulement ma présence ici est parfaitement officielle mais que, de plus, je représente le peuple de Tintagel.

Arthur et Léodagan se regardent.

Léodagan *(bas à Arthur)* – Si en plus, c'est le porte-parole d'une minorité, je sais pas si on peut bien se permettre de refuser de l'entendre!

Arthur *(bas)* – Eh ben entendons-la… De toute façon, c'est ma mère; je vais pas la faire tabasser par les gardes!

3. INT. SALLE DU TRÔNE – ENSUITE

La discussion se poursuit.

Ygerne – Je sens que vous ne m'écoutez que d'une oreille!

Arthur – Mais pas du tout!

Ygerne – Si! Je vous connais quand vous faites cette tête-là!

Léodagan – Ah non, pas de trucs privés, s'il vous plaît!

Arthur – Je fais cette tête-là parce que je sais très bien ce que vous allez me demander.

Ygerne – Et par quel prodige, je vous prie?

Arthur – Mais c'est évident… La fin de l'automne approche – comme par hasard – ça va. Pas besoin de me faire un dessin.

Léodagan – Qu'est-ce qui se passe, à la fin de l'automne?

Arthur – La fin de l'automne, ça annonce le début de l'hiver.

Léodagan – Et alors?

Arthur – Et alors, le début de l'hiver, à Tintagel, c'est la Fête de l'Hiver. Et ma mère me bassine depuis des années parce que j'y fous pas les pieds! Voilà!

Léodagan *(à Ygerne)* – Vous êtes venue en séance de doléances pour demander à votre fils de venir à une fête ? Attendez, c'est privé, ça !

Ygerne – Je n'ai jamais dit que j'étais venue pour ça !

Arthur – Mais si ! Ne me prenez pas pour une truffe ! Vous êtes venue me casser les sabots pour que j'aille à votre saloperie de fête !

Ygerne – Absolument pas !

Léodagan *(à Arthur)* – Et pourquoi vous y allez jamais ?

Arthur – Parce que ça me gonfle.

Ygerne – Il aime pas sa tante.

Léodagan – Quoi ?

Arthur – Non mais ça a rien à voir ! J'y vais pas parce que c'est hyper loin, déjà… Parce que Tintagel – même si soi-disant, c'est mes racines –, j'ai dû y foutre les pieds deux fois dans ma vie et que se geler les noix jusqu'à six plombes du matin à chanter des machins en patois, c'est définitivement pas mon truc. Voilà. Et en plus, il y a ma connasse de tante que je peux blairer, histoire de fignoler le tableau.

Léodagan *(à Ygerne)* – Bon ben… Je suis désolé mais ça à l'air d'être « non ».

Ygerne – Mais encore une fois, je ne suis jamais venue ici pour demander ça ! Effectivement, ça m'aurait fait plaisir de voir mon fils à la Fête de l'Hiver mais tans pis. Ça, c'est privé, ça n'a rien à voir avec ma doléance.

Léodagan – Ah bon. Alors qu'est-ce que c'est, votre doléance ? On vous écoute.

Ygerne *(haut)* – Je viens officiellement adresser au Roi Arthur de Bretagne une invitation du peuple de Tintagel à la grande Fête de l'Hiver qui se déroulera dans cinq semaines à compter d'aujourd'hui.

4. INT. SALLE DU TRÔNE – ENSUITE

La discussion se poursuit.

ARTHUR – Non et non, j'y foutrai pas les pieds !

LÉODAGAN *(discrètement)* – Attendez, faites pas le con non plus ! Là, c'est une invitation officielle d'un Clan fédéré.

ARTHUR – J'en ai rien à carrer.

YGERNE – Le peuple de Tintagel est courroucé de ce refus.

ARTHUR – Eh bah tant pis pour sa tronche !

LÉODAGAN – Hé, on se calme ! On va pas risquer une guerre de Clans, tout ça parce que vous voulez pas voir votre tante !

YGERNE – En plus, depuis qu'elle a perdu son mari, c'est plus la même femme ! Elle s'est drôlement arrangée !

ARTHUR – Non ! J'aime pas, elle craint, cette fête ! La musique est pourrie, il y a que des vioques, on bouffe de la merde…

YGERNE – Le peuple de Tintagel exige des excuses immédiates de la part du Souverain breton !

ARTHUR – Le peuple de Tintagel, il peut aller se gratter !

LÉODAGAN – Stop, espèce de marteau ! Je vous rappelle que leur terre est rattachée à la vôtre !

ARTHUR – Eh ben je leur rends, leur lopin moisi !

YGERNE *(très fort)* – Arthur ! Maintenant ça suffit, vous irez à la fête et vous ferez un bisou à tati !

ARTHUR – M'en fous, j'irai pas !

LÉODAGAN – Ah non, ça redevient privé, là ! Non, faites gaffe…

FERMETURE

5. INT. CHAMBRE DE LÉODAGAN – SOIR

Léodagan et Séli sont au lit.

Séli – Ah oui, au fait, on a la visite des Chrétiens russes dans un mois, vous vous souvenez?

Léodagan – De qui?

Séli – Il faudrait que vous vous déguisiez en saint Nicolas pour distribuer des friandises aux mômes.

Léodagan – Déguisé en qui?

Séli – Saint Nicolas. C'est le patron des Russes.

Léodagan *(à lui-même)* – Non mais ça va pas mieux…

NOIR

Léodagan *(OVER, à lui-même)* – Je passe déjà la moitié de mes journées à faire le guignol, il faut que je me déguise en patron, maintenant…

84
Gladiator

A. ASTIER

3 CORS

1. INT. SALLE DE BAINS – JOUR

ARTHUR et DEMETRA prennent un bain.

DEMETRA – Elle est où votre femme, en ce moment ?

ARTHUR – À Rome.

DEMETRA – Et elle vous manque pas ?

ARTHUR prend le temps de bien réfléchir à la question.

ARTHUR – Non.

OUVERTURE

2. INT. CHAMBRE D'ARTHUR – SOIR

ARTHUR et GUENIÈVRE sont au lit.

ARTHUR – Il peut pas se passer deux semaines sans que vous fassiez une connerie, vous !

GUENIÈVRE – C'est votre ami Caius qui a eu la gentillesse de m'inviter aux jeux du cirque, à Rome. Du coup, j'y suis allée…

ARTHUR – Jusque-là, ça va.

Guenièvre – Le spectacle était charmant, les lions, les mises à mort… et puis arrivent les gladiateurs.

Arthur – Eh ben ?

Guenièvre – Je ne sais pas pourquoi c'est tombé sur moi, toujours est-il qu'un d'entre eux – un énorme type avec une épée recourbée…

Arthur – Un Thrace.

Guenièvre – Voilà. Ce type m'invective de loin en me disant des mots en latin… Comme il était très agressif, j'ai cru qu'il m'insultait.

Arthur – Il vous rendait hommage. À Rome, les épouses des Chefs d'États fédérés sont très respectées.

Guenièvre – C'est ce qu'on m'a dit après. Mais moi, sur le coup, j'ai pris la mouche et je lui ai crié que mon époux lui ferait sa fête pour lui apprendre les bonnes manières.

Arthur souffle.

Guenièvre – Je suis désolée.

3. INT. SALLE DE LA TABLE RONDE – JOUR

Arthur, Léodagan et Bohort sont en conversation avec Venec.

Venec – Non mais je vais vous dire : c'est plutôt une bonne chose, ce combat.

Arthur – C'est plutôt une bonne chose à condition de pas le perdre !

Bohort – C'est affreux ! Un Thrace ! Ces types tuent quinze personnes par mois depuis qu'ils ont dix ans !

Léodagan – C'est sûr que c'est pas des marrants…

Venec – Non mais après, on gère.

Arthur – « On gère »… Je sais pas ce que vous allez gérer, mais en tout cas, c'est moi qui vais descendre au milieu du machin !

Bohort – Le bon côté, c'est qu'on va aller à Rome !

Arthur – Ah non ! C'est lui qui vient ! Ça va bien maintenant.

Léodagan – Le truc, c'est que des arènes, on en a pas des masses, nous…

Venec – Non mais ça, je m'en occupe. On fait construire une jolie petite esplanade… Ah, c'est sûr, ce sera pas le Colisée !

Arthur – Mais pourquoi on construit ? On peut pas faire ça dans un champ, entre nous ?

Venec – Mais non ! Il faut profiter de l'occasion pour montrer à votre peuple que vous êtes un dur à cuire et que c'est pas un gladiateur à trois ronds qui va venir vous souffler dans les bronches !

Bohort – C'est vrai que le peuple sera tellement fier de vous !

Léodagan – Si le Roi finit embroché comme une pintade, il aura pas tellement l'occasion d'être fier, le peuple !

Arthur – Je suis bien d'accord.

Venec – Non mais ce que je fais. Bon, au début de la rencontre, je reste vers la billetterie pour surveiller un peu les ventes. Mais dès que les gens sont placés, je file dans les loges, je viens vous chercher vous et le Thrace avec une bouteille de cidre de pays, histoire de marquer le coup, sauf qu'au moment de trinquer, je lui colle deux trois gouttes de ciguë dans sa coupette…

Arthur – Ah non, on va pas tricher !

Bohort – Sire, on ne va pas risquer de vous perdre pour une histoire aussi bête !

Arthur – Non, non. On triche pas. Ma femme a fait une connerie – c'est par la première – maintenant on assume.

Arthur réfléchit.

Arthur – C'est elle que je devrais envoyer contre le Thrace.

Les autres le regardent.

Arthur – Je déconne! Je vais pas le faire!

4. INT. CHAMBRE D'ARTHUR – SOIR

Arthur et Guenièvre sont au lit. Arthur compulse un parchemin.

Guenièvre – C'était court, comme combat…

Arthur – Ouais.

Guenièvre – Le public est resté un peu sur sa faim.

Arthur – C'est pas grave.

Guenièvre – Le bon côté, c'est que maintenant, on a des arènes à nous…

Arthur ne répond pas.

Guenièvre – Écoutez, tout de même, j'aimerais bien savoir ce que vous avez dit à l'oreille de ce *Crace*…

Arthur – Thrace.

Guenièvre – … de ce Thrace pour qu'il renonce au combat aussi facilement! D'ailleurs, je suis pas la seule à être curieuse…

Arthur – Je lui ai dit que vous parliez pas le latin.

Guenièvre – C'est à dire?

Arthur – Que vous aviez rien pigé à ce qu'il vous avait dit à Rome et qu'à cause de vos conneries, on avait frôlé l'incident diplomatique.

GUENIÈVRE – Je vois. C'est encore sur moi que ça retombe…

ARTHUR – En échange de sa magnanimité, il a exigé que vous le suiviez à Rome pour devenir sa septième épouse.

GUENIÈVRE – Quoi ? Mais… vous avez accepté ?

ARTHUR – J'ai pas eu le choix…

GUENIÈVRE est terrorisée.

ARTHUR – Je déconne. Mais ça m'a coûté cent trente mille pièces d'or. Alors la prochaine fois qu'on vous parle en latin, vous dites « merci beaucoup » et vous la bouclez. D'accord ?

FERMETURE

5. INT. CHAMBRE DE DEMETRA – SOIR

ARTHUR et DEMETRA sont au lit. ARTHUR est toujours plongé dans la lecture d'un parchemin.

DEMETRA – Elle est rentrée, votre femme ?

ARTHUR – Oui.

DEMETRA – Elle était où, déjà ?

ARTHUR – Rome.

DEMETRA – Ça vous a fait plaisir de la revoir ?

ARTHUR s'extirpe de sa lecture pour réfléchir intensément.

ARTHUR – Non.

NOIR

ARTHUR *(OVER)* – Mais là, c'est spécial, elle m'a fait banquer cent trente mille pièces d'or.

85
La Blessure Mortelle

A. Astier

3 CORS

1. INT. SALLE À MANGER – MATIN

Arthur mange un morceau lorsque la Dame du Lac lui apparaît. Il sursaute.

Arthur – Ah! *(à lui)* Putain, de bon matin, c'est dur…

la Dame du Lac – J'ai oublié de vous dire, l'autre fois…

Arthur – Quoi donc?

la Dame du Lac – Le jour où vous serez mortellement blessé au combat, c'est la Fée Morgane qui apparaîtra pour vous emmener agonisant mourir sur l'île d'Avalon.

Arthur *(réfléchissant)* – Je peut-être aller me recoucher, moi.

OUVERTURE

2. EXT. FORÊT – JOUR

Les combats font rage. Arthur, blessé au cou, est emmené par ses hommes à l'abri, sous un arbre.

Hervé de Rinel *(à la cantonade)* – Le Roi est blessé! Le Roi est blessé!

Arthur – Mais arrêtez de gueuler comme un con!

Hervé de Rinel – Excusez-moi, Sire, c'est l'émotion.

Arthur – La vache, il m'a pas loupé celui-là.

Gauvain – N'ayez crainte, mon oncle. Nous vengerons votre mort avec la rage du… Avec la rage…

Yvain – Du chien enragé?

Arthur – Venger ma mort? Non mais ça va pas mieux, vous!

Lancelot – C'est vrai que c'est pas beau, Sire.

Arthur – Je dis pas que c'est beau mais je vais pas crever là, comme ça…

Gauvain – C'est la veine du cou qui est sectionnée…

Yvain – La veine du cou, c'est l'hépatite.

Lancelot – La carotide.

Yvain – Ah ouais, la carotide.

Arthur – La carotide… Quand vous aurez fini de discutailler, vous pourrez m'emmener à la tente de Merlin avant que je pisse mon dernier litre de sang?

3. INT. TENTE DE SOINS – JOUR

Arthur, tenant sur son cou un linge maculé de sang, s'adresse à Merlin qui prépare un onguent cicatrisant.

Arthur *(faible)* – Magnez-vous bon Dieu, je commence à avoir des mouches devant les yeux!

Merlin – C'est peut-être des vraies mouches. On est infestés, cette année.

Arthur – Dépêchez-vous!

MERLIN – Avec ce petit onguent spécial, dans cinq minutes, vous retournez à la filoche ! Vous allez m'en dire des… *(sursautant)* Ah !

Debout à côté d'ARTHUR, LA FÉE MORGANE est soudainement apparue, entourée d'un halo de lumière.

ARTHUR – Qui êtes-vous ? Qu'est-ce que vous foutez là ?

LA FÉE MORGANE – C'est ça, faites celui qui sait pas.

MERLIN – C'est la Fée Morgane !

ARTHUR – La Fée Morgane ?

LA FÉE MORGANE – Qui voulez-vous que ce soit ? *(à Arthur)* Allez, dépêchez-vous !

ARTHUR – Mais… De quoi « dépêchez-vous » ?

LA FÉE MORGANE – Écoutez mon petit vieux, je dois vous emmener à Avalon le jour de votre mort alors vous vous levez, vous prenez vos petites affaires et vous me suivez ; on verra le reste en route.

ARTHUR – Mais c'est pas le jour de ma mort !

LA FÉE MORGANE – Oui, je sais, c'est très triste mais bon, c'est la vie, ça.

ARTHUR – Mais je suis juste blessé au cou !

LA FÉE MORGANE – Vous avez la carotide tranchée, ne me prenez pas pour une bille !

ARTHUR – Mais je me fais soigner !

LA FÉE MORGANE *(désignant Merlin)* – Par celui-là ? Ah non mais laissez-moi me marrer !

MERLIN – Quoi ? J'ai préparé l'onguent, j'ai plus qu'à appliquer !

LA FÉE MORGANE – L'onguent cicatrisant, c'est à la purée de cerises, mon petit père, ça a jamais été à la purée de châtaignes !

MERLIN – Oui mais c'est pas tellement la saison des cerises, figurez-vous ! Alors, je fais ce que je peux pour que ça marche !

LA FÉE MORGANE – Ben voilà. Du coup, ça marche pas.

ARTHUR – Ça marche pas… Appliquons-le, déjà, ce machin ! On verra bien !

LA FÉE MORGANE – Je vais pas attendre une heure que votre copain vous tartine de purée de châtaignes alors que ça sert à rien ! Avalon, c'est pas là que ça touche ! Allez, en route !

4. INT. TENTE DE SOINS – ENSUITE

MERLIN a tout de même pris le temps d'appliquer l'onguent sur la blessure d'ARTHUR. LA FÉE MORGANE s'impatiente.

LA FÉE MORGANE – C'est bon, vous êtes content ? On va peut-être pouvoir y aller !

ARTHUR – Je suis désolé mais j'ai l'impression que ça va mieux…

LA FÉE MORGANE – Il y a toujours un léger mieux avant de calancher. Ça a rien d'étonnant…

MERLIN – Ce qu'il y a d'étonnant, c'est que vous n'ayez pas l'honnêteté de reconnaître que j'ai habilement adapté la recette aux fruits de saison et que ça marche parfaitement bien !

LA FÉE MORGANE – Vous êtes un pignouf, c'est tout. C'est pas une question de cerises ou de châtaignes !

ARTHUR – Puisque je vous dis que ça va mieux !

LA FÉE MORGANE – C'est plus qu'une question de secondes !

Merlin – Il est rétabli ! Tout neuf, frais comme un gardon ! Il pète le feu parce que c'est bibi qui s'est occupé de le rafistoler !

La Fée Morgane – Non mais vous êtes sûrement doué pour la soupe au lard ou le clafoutis mais les soins magiques, c'est autre chose que de casser deux œufs dans un bol !

Arthur *(s'apprêtant à se lever)* – Allez, j'y vais.

La Fée Morgane – « J'y vais » où ça ?

Arthur – Me latter ! C'est pas pour aujourd'hui, c'est pas pour aujourd'hui ! N'insistez pas !

La Fée Morgane – Faites pas l'imbécile ! Avec la saloperie qu'il vous a étalée dans le cou, dans trois jours ça s'infecte et vous y passez !

Arthur – Eh ben revenez dans trois jours.

FERMETURE

5. INT. TENTE DE SOINS – PLUS TARD

Arthur est retourné au combat. Merlin reste seul avec la Fée Morgane.

Merlin – Vous inquiétez pas, va. Il passe son temps à se mettre sur la gueule. Il finira bien par y rester.

La Fée Morgane – Oh mais je m'inquiète pas ! Si vous croyez que ça me fait plaisir de trimbaler des macchabées à Avalon ! Moi, c'est pas compliqué : j'ai envie de me prendre une petite cabane dans la forêt et de faire des tartes aux myrtilles. C'est tout.

Merlin lèche sa spatule.

La Fée Morgane – Eh ben, ça va pas mieux ! Vous bouffez de l'onguent, maintenant ?

MERLIN – J'adore la châtaigne. Je pourrais m'en faire sauter le bide. Vous en voulez ?

Il lui tend la spatule. Elle goûte.

NOIR

LA FÉE MORGANE *(OVER)* – Ouais… Ça vaut pas la cerise, quand même…

86
Le Dragon Des Tunnels

A. Astier

3 CORS

1. INT. SALLE DE LA TABLE RONDE – JOUR

Tous les Chevaliers sont présents. Arthur termine la séance et fait une annonce.

Arthur – Voilà. Et souhaitez-nous bonne chance, aux Seigneurs Perceval, Bohort, Lancelot et à moi-même, parce qu'on part à la chasse au Dragon des Tunnels !

Bohort – Heu, Sire, à ce sujet… Vous savez que la Fête de l'Automne approche et qu'il reste encore tous les stands pâtisserie et spécialités régionales à…

Arthur – Ah oui, c'est vrai. Bon bah, tant pis, ça attendra.

Bohort *(souriant timidement)* – Le Dragon des Tunnels ?

Arthur – Non, les pâtisseries, ça attendra. Allez faire vos affaires.

OUVERTURE

2. INT. CAVERNE – JOUR

Arthur, Lancelot, Bohort et Perceval marchent en file indienne dans les couloirs exigus d'un souterrain.

Lancelot *(à Arthur)* – Il y a quelque chose qui ne va pas, Sire ?

Arthur – Un truc qui me chiffonne.

Bohort *(angoissé)* – Moi aussi… Je me sens pas dans mon assiette. J'ai jamais bien aimé les tunnels.

Arthur – Je crois pas qu'on soit au bon endroit.

Perceval – On a trouvé l'entrée du souterrain pile à l'endroit prévu !

Lancelot – Ça peut pas être ailleurs !

Arthur – Vous avez vu la taille des tunnels ? Vous allez pas me dire qu'il y a un Dragon qui se balade là-dedans !

Lancelot – Le Dragon des Tunnels, qu'il s'appelle. C'est sûrement pas pour rien !

Perceval – C'est un Dragon qui doit avoir le coup pour se faufiler.

Bohort – Ou alors, il est tout petit. Une sorte de gros lézard inoffensif… Qu'est-ce que vous en pensez ?

Arthur – Non mais on va pas crapahuter là-dedans pour des pruneaux. Moi, je vous dis qu'il y a pas de Dragon ici. « Des Tunnels » ou « pas des tunnels. »

À l'extérieur, le Dragon pousse un cri effrayant. Les Chevaliers tournent la tête en direction de la sortie.

Lancelot – Il est dehors !

Arthur – Allez, on sort !

3. EXT. FORÊT – JOUR

Arthur, Lancelot et Perceval scrutent le ciel à la recherche du Dragon.

Arthur – Vous le voyez, vous ?

Lancelot – Non mais ça sent le soufre. Il doit pas être loin.

Perceval – Vu le cri, il doit bien faire ses trois cents litres !

Lancelot – Trois cents livres.

Arthur – Depuis quand vous êtes expert en Dragons, vous ?

Perceval – Bah… C'était pour dire quelque chose…

Arthur *(remarquant l'absence de Bohort)* – Mais… Qu'est-ce que vous avez foutu de Bohort ?

Lancelot *(regardant alentour)* – J'en sais rien !

Perceval – Il me filait le train dans le tunnel !

Arthur – Il s'est quand même pas paumé en route, ce con-là !

Lancelot – Le problème, c'est que c'est lui qui a l'huile pour enflammer les flèches…

Arthur – Quoi ?

Perceval – On n'a pas de quoi enflammer ?

Lancelot – Non. Et descendre un Dragon avec des flèches nues…

Arthur – Il y a intérêt qu'il soit pas trop gros.

Dans le ciel, un nouveau cri perçant retentit. Les Chevaliers lèvent la tête.

Perceval – Il est là !

Arthur – La vache ! Vous avez vu la taille du truc ?

Lancelot – Ah, c'est sûr, il fait un peu plus de trois cents livres…

Perceval – Bah, j'étais pas tombé loin…

Arthur – Il doit bien en faire quatre mille.

Lancelot – Ça, avec des flèches nues, on passe pas à travers !

Perceval – Moi, je dis que même avec des flèches enflammées, faut pas avoir une merde dans l'œil parce que s'il se retourne contre nous, le machin…

Lancelot – Sire, il me semble qu'il faut renoncer…

Arthur – Merde ! On a fait trente lieues jusqu'ici pour dégommer le Dragon des Tunnels !

Perceval – Du coup, c'est pas celui-là ! Il y rentre même pas la tête, dans le tunnel, lui !

Lancelot – Perceval a raison, Sire. Ça, c'en est un autre.

Arthur *(admettant)* – Bon.

Le Dragon crie.

Arthur *(donnant l'alerte)* – Il attaque !

Les hommes partent en courant.

4. INT. CAVERNE – JOUR

Les hommes se sont réfugiés dans le tunnel où ils ont retrouvé Bohort.

Arthur *(à Bohort)* – Eh ben vous êtes là, vous ?

Bohort – Oui… À un moment, on s'est perdus de vue…

Lancelot – Vous vous êtes planqué, oui !

Perceval – Il nous laisse filer au casse-pipe et c'est lui qui a l'huile des flèches, en plus !

Arthur *(à Bohort)* – Ça va ? Vous êtes pas tombé sur le Dragon des Tunnels ?

Bohort – Ma foi non, puisqu'il est dehors !

Lancelot – C'est pas celui-là.

Bohort – Pas celui-là ? Mais pourquoi ?

Lancelot – Trop gros.

Perceval – Entre trois cents et quatre mille livres !

Bohort *(paniqué)* – Vous voulez dire que je suis resté seul ici alors que le vrai Dragon des Tunnels y est peut-être aussi ?

Arthur – C'est pour ça que je vous demande si vous êtes pas tombé dessus !

Bohort s'évanouit.

Arthur – Eh ben ?

Lancelot – Qu'est-ce qui lui prend, à celui-là ?

Perceval – C'est la fumée des torches, ça monte à la tête.

FERMETURE

5. INT. COULOIRS – JOUR

Léodagan croise Bohort dans les couloirs du château.

Léodagan – Ah, Bohort… Vous vous êtes remis, vous avez le sourire !

Bohort – Oui, ça va mieux !

Léodagan – C'est bon, l'aventure, hein ? Le risque !

Bohort – Heu, c'est surtout qu'avec la Fête de l'Automne, je rencontre des artisans locaux qui font des choses extraordinaires ! *(sortant des petits sachets de tissu)* Regardez ces petits sachets de fleurs séchées ! On les met dans les armoires à linge et toute votre garde-robe…

   Léodagan s'en va.

Bohort – Seigneur Léodagan ?

NOIR

Bohort *(over)* – J'espère qu'on vous verra aux festivités !

87
Retour De Campagne

A. ASTIER

3 CORS

1. INT. CHAMBRE D'ARTHUR – NUIT

ARTHUR est au lit, absorbé par sa lecture. GUENIÈVRE s'allonge à ses côtés; elle a porté une attention toute particulière à sa toilette. Lorsqu'elle se couche, ARTHUR semble inquiété par quelque chose dans la pièce. Il scrute autour de lui.

GUENIÈVRE – L'essence de rose ne vous dérange pas?

ARTHUR – Ah, c'est ça!

OUVERTURE

2. INT. CHAMBRE D'ARTHUR – PLUS TARD

ARTHUR lit toujours. GUENIÈVRE n'arrive pas à entamer la conversation.

GUENIÈVRE – Ça s'est bien passé, cette campagne?

ARTHUR s'extirpe de sa lecture.

ARTHUR – « Ça s'est bien passé… » C'est à dire?

GUENIÈVRE – Ça a pas été trop dur?

Arthur – Ben… « Ça a pas été trop dur… » C'est une campagne, quoi. On n'y va pas pour…

Ne trouvant rien à dire de plus, il se replonge dans son parchemin.

Guenièvre – Vous avez dû avoir sacrément froid !

Arthur *(absent, sans abandonner sa lecture)* – Ouais…

Arthur lit puis se reprend.

Arthur – Enfin, non. Je sais pas pourquoi je dis « ouais ». Non, non. On n'a pas eu froid puisque c'était la…

Guenièvre – Oui, c'est plutôt la belle saison.

Arthur – Voilà, oui. Donc, heu…

Il reprend sa lecture.

Guenièvre – Et pour la nourriture, vous…

Arthur *(la coupant)* – Alors, je me disais un truc… En fait, on n'est pas forcément obligés de parler !

3. INT. CHAMBRE D'ARTHUR – ENSUITE

La conversation se poursuit.

Arthur – Attention, si vous avez un truc important à me dire, il y a aucun problème ! Mais s'il y a rien d'urgent, *(désignant son parchemin)* comme là, il faut que je finisse ça avant demain, ce que vous faites, vous me le notez dans un petit coin et puis on voit ça tranquillement, à tête reposée.

Guenièvre *(comme si elle l'avait deviné)* – Vous avez pas envie de parler…

Arthur – C'est pas que j'ai pas envie de parler…

Guenièvre – Vous savez, on n'est pas obligés de parler…

Arthur – Bah, je vous avouerais : ça m'arrange.

Guenièvre *(gênée)* – Je veux dire, on peut faire des choses sans parler, si vous voulez.

Arthur *(percutant)* – Ah oui! D'accord! J'avais pas… Oui mais non. Non là, honnêtement, je préfère pas.

Guenièvre – C'est votre blessure qui vous fait encore souffrir?

Arthur – Heu… *(sautant sur l'occasion)* Ben il y a ça aussi! Non, c'est vrai, j'y pensais pas mais effectivement, maintenant que c'est presque guéri, ce serait bête de… Voyez?

Guenièvre – Je croyais bien faire…

Arthur – Non mais par contre, c'est très gentil. Parce que bon, là, non. Mais, à la limite, dans l'absolu, j'allais dire « pourquoi pas? »

Guenièvre – Vous comprenez, les dames de la Cour n'arrêtent pas de me parler de leur Chevaliers qui reviennent toujours de campagne épuisés et qui dorment pendant trois jours.

Arthur – Oui, ça, les campagnes, ça fatigue un peu, forcément.

Guenièvre – Non mais surtout que c'est pas tant à cause des combats qu'à force de piller et de mettre à sac et qu'il paraît qu'il y a les filles du coin qui aiment bien les envahisseurs, alors forcément, il se passe des choses…

Arthur – Oui, enfin ça, vous savez, c'est très exagéré…

Guenièvre – Mais elles me disent aussi que vous, vous touchez pas à ça et que vous refusez catégoriquement de porter la main sur les femmes des vaincus et que, du coup, c'est romantique parce que vous me restez fidèle…

Arthur – C'est une manière de voir les choses, oui…

Guenièvre – En même temps, je comprends pas tellement puisqu'elles savent bien que vous avez des maîtresses mais elles vous trouvent quand même fidèle…

Arthur – Oui, enfin, des maîtresses, ça va ! J'en ai pas tout le tour du ventre, non plus.

Guenièvre – Alors je me disais, comme là, elles sont pas là… Ni Anna, ni Demetra, ni les jumelles du pêcheur…

Arthur – Eh ben ?

Guenièvre – Si vous avez rien fait en campagne, ni à votre retour… Ça doit quand même faire un moment !

Arthur réfléchit.

Arthur – Oui, évidemment, vu comme ça…

4. INT. CHAMBRE D'ARTHUR – ENSUITE

Guenièvre s'interroge.

Guenièvre – C'est quand même curieux que vous ayez pas envie.

Arthur – Non mais ça marche pas comme ça. Dans l'absolu, là, je pourrais avoir envie, c'est pas la question. C'est une histoire de contexte.

Guenièvre *(résolue)* – C'est parce que c'est moi, c'est ça ?

Arthur regarde son épouse et réfléchit, longuement.

Arthur – Mais non, qu'est-ce que vous allez chercher ?

Guenièvre – C'est sûr que je suis pas aussi bien mise qu'Anna…

Arthur – Mais si, voyons ! Vous êtes très bien !

Guenièvre – Et donc, si dans l'absolu vous pourriez avoir envie…

Arthur – Oui…

Guenièvre – Et que vous me trouvez bien…

Arthur – Oui…

Guenièvre – J'allais dire, à l'extrême limite, on pourrait quasiment envisager de…

Arthur – Ben… À la limite, ouais.

Guenièvre – Ce serait formidable. Toutes ces semaines de chasteté, dans le froid et la faim… Et puis vous revenez vers votre épouse au grand galop…

Arthur *(souriant à l'évocation)* – Ouais… Enfin, je me suis fait buter mon cheval. Du coup, je suis revenu à pied, mais bon, je vois ce que vous voulez dire.

FERMETURE

5. INT. CHAMBRE D'ARTHUR – PLUS TARD

Arthur – Ouais, pourquoi pas. Ça pourrait être marrant.

Guenièvre *(contente)* – À la limite, vous, vous bougez pas! C'est mieux pour la blessure!

Arthur – Si vous voulez, oui.

Guenièvre *(timide)* – Bon ben… Je m'approche, alors…

Arthur – Ah bah, c'est-à-dire que si je bouge pas et vous non plus…

Guenièvre – Bon, je m'approche.

À peine se penche-t-elle sur Arthur que celui-ci écarquille étrangement les yeux.

Guenièvre – Il y a quelque chose qui va pas?

NOIR

Arthur *(over)* – C'est l'essence de rose… Ça me pique les yeux, un peu.

88
L'Escorte
L. Astier – A. Astier

3 CORS

1. EXT. FORÊT – CRÉPUSCULE

Bohort est venu voir Léodagan près de sa tente de commandement.

Léodagan – Une escorte ? Et puis quoi encore ?

Bohort – Je suis désolé, Sire Léodagan, mais Arthur me fait mander au château pour un nouveau plan de bataille !

Léodagan – Eh ben allez-y ! Qu'est-ce que vous risquez ?

Un cri étrange et difficilement identifiable résonne dans la nuit.

Bohort – Et ça, qu'est-ce que c'est ?

Léodagan – 'sais pas. Un Elfe, une Licorne... À cette heure-ci, c'est une vraie basse-cour, la forêt. Ne me dites pas que vous avez les jetons !

Bohort *(s'approchant de Léodagan)* – Quand je suis avec vous, ça va. Qu'est-ce que vous feriez, à ma place ?

Léodagan – Je m'approcherais pas autant.

OUVERTURE

2. INT. SALLE DE LA TABLE RONDE – CRÉPUSCULE

> *Arthur préside la Table Ronde. Tous les Chevaliers sont là, sauf Bohort. Des cartes sont étalées sur la table.*

Arthur – Mais qu'est-ce qu'il fout, Bohort ? Sans blague !

Lancelot – Aucune nouvelle. Le mieux, c'est de commencer.

Arthur – Ah non, je vais pas répéter deux fois les mêmes choses ! Déjà que c'est top secret…

Galessin – Il paraît qu'il est arrivé au campement de Léodagan en milieu d'après-midi.

Calogrenant – Eh ben il doit être content, Léodagan !

Karadoc – C'est vrai qu'il l'apprécie pas beaucoup.

Arthur – Pas des masses, non.

Lancelot – On devrait commencer : il viendra pas ce soir, de toute façon.

Arthur – Ah bon ? Et pourquoi ça ?

Calogrenant – Sans rire, vous voyez cette chochotte traverser la forêt tout seul en pleine nuit ?

Arthur – Bah, c'est un Chevalier, quand même, Bohort ! Même si c'est pas le plus téméraire, c'est pas une adolescente !

Calogrenant – Question de point de vue.

Perceval – De toute façon, Léodagan lui donnera pas d'escorte, alors…

Lancelot – Alors, on le verra pas. Il faut commencer.

Arthur – Bon bah on démarre. Et ouvrez les échauguettes, hein ! Parce que j'ai pas envie de répéter.

3. EXT. FORÊT – NUIT

Au camp, Léodagan et Bohort ont entamé une discussion.

Bohort – Je ne sais pas comment vous faites, on dirait que rien ne vous fait peur : ni les barbares, ni les Dragons, ni les monstres…

Léodagan – Vous êtes marié comme moi ; vous savez que la monstruosité peut prendre des formes très diverses.

Bohort – Tout de même… Cette bravoure, ce courage qui me font tant défaut !

Léodagan – Vous savez, vous appelez ça du courage ; la plupart des gens me considèrent comme une brute, alors… Vous, vous avez pas ce problème.

Bohort – Vu comme ça, c'est certain…

Léodagan – Vous êtes plus dans le feutré, plus dans la finesse. C'est un genre mais il faut reconnaître que, des fois, c'est pas inutile.

Bohort – Tout de même, on me reproche si souvent mon inaptitude à la violence !

Léodagan – Tenez, regardez : « inaptitude ». Vous parlez comme les bouquins. Enfin, c'est l'idée que je m'en fais, je peux pas blairer de lire. Eh ben ça, c'est un style !

Bohort – L'autre fois, quand on est tombés sur l'Hydre à Cinq Têtes, pendant que les autres montaient à l'assaut, j'ai paniqué et j'ai été pris de vertiges.

Léodagan – Il y a les hommes de terrain et il y a ceux qui gambergent. Vous vous gambergez. C'est une force, ça !

Bohort – Ah, il n'empêche. Si notre bon Roi Arthur pouvait avoir votre aplomb, votre force de caractère…

Léodagan – Qu'est-ce que vous voulez, mon petit Bohort… Entre son épée qui fait de lumière, son Merlin qui fait pleuvoir des grenouilles et sa Dame du Lac qui se prend pour une truite, il lui manque plus qu'un numéro de trapèze, au Roi des Bretons!

Bohort – C'est pas faux…

Léodagan – Et comment! Non, croyez-moi, changez rien, mon petit vieux. Vous amenez un peu de tenue dans cette baraque foraine. Au fond, vous êtes comme moi.

Bohort – Comme vous? À quelques détails près, tout de même.

Léodagan – Pareils, je vous dis. À deux trois poils de cul.

4. INT. SALLE DE LA TABLE RONDE – NUIT

Bohort et Léodagan débarquent dans la salle de la Table Ronde.

Arthur – Léodagan? Mais qu'est-ce que vous faites là?

Léodagan – Bah, j'ai raccompagné le jeune, là. Il avait un peu les miquettes à l'idée de traverser le bois.

Arthur – Ah oui mais nous, on a fini! Je vais pas tout recommencer depuis le début!

Calogrenant – C'est pas de notre faute, à nous, s'il y en a qui ont besoin d'une escorte personnelle dès que le jour baisse!

Bohort est un peu penaud.

Léodagan – Non mais j'étais juste parti pour le raccompagner jusqu'à la sortie du camp et puis, vous savez ce que c'est, on discute, on papote et boum! À force de marcher, on était sous votre cabane.

Galessin – Mais qui commande chez vous, en ce moment ?

Léodagan – Ah non mais moi, j'y retourne ! Je reste pas !

Karadoc – Tout seul ? En pleine nuit ?

Léodagan – Qu'est-ce que ça fout, ça ?

Bohort – À la limite, Sire, puisque la réunion est finie, je pourrais peut-être l'accompagner ?

Arthur – Ben, je sais pas… Léodagan ?

Léodagan – Ça me fait pas peur.

Arthur – Bon. Mais du coup, Bohort, je vous revois quand pour les instructions ?

Bohort – Je reviens demain matin.

Léodagan – Au besoin, je le raccompagne.

FERMETURE

5. EXT. ENCEINTE DU CHÂTEAU – JOUR

Léodagan discute aménagements militaires avec Bohort.

Léodagan – Moi, je pense qu'il faut deux tourelles, là, comme ça. Là où j'hésite, c'est pour la pierre.

Bohort – La pierre, ça reste la pierre. Ça fait plus cossu mais ça noircit avec les années.

Léodagan – Je sais bien.

Bohort – L'alternative, ce serait un beau bois flotté. Et l'avantage, c'est qu'on peut le peindre.

Léodagan – Le peindre comment, à votre avis ?

Bohort – Faudrait faire des petits échantillons à comparer à la lumière. Peut-être une simple lasure…

Léodagan – Ah ouais...

NOIR

Léodagan *(over)* – Ça me serait jamais venu à l'idée, la lasure.

89
Tel Un Chevalier

A. Astier

3 CORS

1. INT. TAVERNE – JOUR

Le Tavernier s'approche de la table de Perceval et Karadoc.

Le Tavernier – Ces Messires… Qu'est-ce qui leur ferait plaisir ?

Karadoc – Heu, moi je sors de table, merci… *(à Perceval)* Et vous ?

Perceval – Ah non, moi là, aujourd'hui, ça passerait pas.

Le Tavernier – Moi, ça me fait rien que vous consommiez pas mais si la patronne vous voit, je vais me prendre une chasse !

Perceval *(soupirant)* – Bon, bah trois poulets.

Karadoc – Ouais pareil.

Le Tavernier – Maman ! Et six poulets qui vont bien !

OUVERTURE

2. INT. TAVERNE – PLUS TARD

Perceval et Karadoc sont attablés devant une coupe de vin. Perceval semble perturbé.

Karadoc – Qu'est-ce qui se passe ? Vous avez pas l'air dans votre assiette…

Perceval – C'est le Seigneur Léodagan qui m'a fait une réflexion, ce matin… Depuis, ça tourne, je me monte le bourrichon.

Karadoc – Qu'est-ce qu'il vous a dit ?

Perceval – Ben c'est depuis cette histoire comme quoi le Roi veut me nommer responsable de la sécurité des postes frontières.

Karadoc – Eh ben ?

Perceval – Là-dessus, Léodagan tape du poing sur la table et il fait comme ça que comme responsable, il préférerait encore nommer une vieille galeuse paralytique.

Karadoc – Du coup, vous l'avez mal pris…

Perceval – C'était pas dit méchamment mais vous savez ce que c'est, on a son petit orgueil.

Karadoc – Moi, je dis que vous êtes trop souvent victime des quolibets.

Perceval – Des… ?

Karadoc – Des quolibets ! Il y a trop de gens à Kaamelott qui oublient que vous êtes un vrai Chevalier.

Perceval – Ça c'est sûr.

Karadoc – Moi je crois que vous devriez aller voir le Roi et lui dire qu'il faudrait qu'on commence à vous considérer en tant que tel.

Perceval *(sans comprendre)* – Ah bon ?

3. INT. SALLE À MANGER – JOUR

Arthur et Perceval déjeunent.

Perceval *(après un silence)* – Vous savez, Sire, j'aimerais bien qu'on commence à me considérer en tant que tel.

Arthur – Comment ?

Perceval – Comment « comment ? »

Arthur – Vous considérer comme… ? J'ai pas compris.

Perceval – Ben… me considérer en tant que tel.

Arthur – En tant que tel quoi ?

Perceval – Parce que je trouve que je suis souvent victime des colifichets, quand même. C'est pas normal.

Arthur – Victime des… ? La vache, je suis désolé, je comprends pas un mot de ce que vous dites. *(dynamique)* Allez-y, reprenez, je vous écoute.

Perceval – Je vous disais que j'étais victime des colifichets et qu'il faudrait qu'on commence à me considérer en tant que tel.

Arthur retourne la phrase dans sa tête, en vain.

Perceval – C'est pas clair, c'est ça ?

Arthur – Non mais je sens bien que vous essayez de me dire quelque chose… C'est de vous, la phrase ? ou vous l'avez entendu, ça ? « Colifichet », par exemple, qu'est-ce que c'est pour vous ? Comment vous vous le… Ça se représente comment, pour vous, « colifichet » ?

Perceval – Ben comment dire… Colifichet, c'est quelqu'un qui…

Arthur – Non. Déjà, non. Pas du tout.

Perceval – Quelqu'un qui dit du mal d'une personne.

Arthur – Non mais non, c'est pas ça.

Perceval – Comment on dit alors ?

Arthur – Comment on dit quoi ? *(d'un seul coup impatient)* Ça me… Non, j'en ai marre, là, ça y est.

Perceval – Une personne qui dit du mal d'une personne qui commence par « coli… »

Arthur réfléchit et renonce.

Arthur – Non, moi je crois que vous devriez arrêter d'essayer de dire des trucs. Ça vous fatigue – déjà – et puis pour les autres, vous vous rendez pas compte de ce que c'est. Moi, quand vous faites ça, ça me fout une angoisse… Je pourrais vous tuer, je crois, de chagrin… Je vous jure, c'est pas bien ! Il faut plus que vous parliez avec des gens.

4. INT. SALLE À MANGER – ENSUITE

Perceval ne s'est pas résigné. Il cherche à se faire comprendre. Arthur, la tête dans les mains, souffre le martyr.

Perceval – Non mais je me goure de mot. C'est pas « colibri » ?

Arthur *(presque en larmes)* – Qu'est-ce qui est pas « colibri » ?

Perceval – Un type qui dit du mal d'un autre…

Arthur – Un colibri, c'est un oiseau.

Perceval – Eh ben, c'est peut-être un expression à base d'oiseau ! On dit bien « une alouette » pour une fille qui dépense et qui arrive pas à faire des économies…

Arthur *(à Perceval)* – Mais personne dit ça…

Perceval – Bah ! Vous avez jamais entendu dire : « Oh là là, eh ben celle-là, tu parles d'une alouette ! »

Arthur *(méprisant)* – Jamais de la vie.

Perceval – Ou alors, quelqu'un qui oublie toujours tout, c'est bien « une tête d'épingle » ! Sauf que là, c'est pas un oiseau…

Arthur – Une tête de linotte.

Perceval – Qu'est-ce que c'est ça, une linotte ?

Arthur – Un oiseau.

Perceval – Et bah qu'est-ce que je disais ?

FERMETURE

5. INT. SALLE À MANGER – PLUS TARD

Arthur dort à moitié, de façon à supporter Perceval qui ne démord pas de ses revendications.

Perceval – Donc pour résumer, je suis souvent victime des colibris.

Arthur – Mmh.

Perceval – Sous-entendu, des types qui oublient toujours tout. *(pris d'un doute)* Non… *(passant)* Bref, tout ça pour dire que je voudrais bien qu'on commence à me considérer en tant que tel.

Arthur lance un regard éteint à Perceval.

NOIR

Arthur *(over)* – Bon ben… je vais voir ce que je peux faire.

90
La Pâte D'Amande

A. ASTIER

3 CORS

1. INT. CHAMBRE D'ARTHUR – NUIT

ARTHUR et GUENIÈVRE sont au lit. ARTHUR remarque l'air soucieux de sa femme. Au bout d'un moment, il abandonne la lecture de son parchemin et la questionne.

ARTHUR – Ça va ?

GUENIÈVRE *(colérique, d'un seul coup)* – Ça va, oui ça va ! Vous êtes content ?

ARTHUR reste interdit quelques secondes et se replonge dans sa lecture.

OUVERTURE

2. INT. CHAMBRE D'ARTHUR – PLUS TARD

GUENIÈVRE, ayant recouvré un peu de calme, s'adresse à ARTHUR toujours absorbé par son parchemin.

GUENIÈVRE – Excusez-moi, je ne voulais pas vous agresser.

Arthur – C'est pas tellement ça mais je cherche ce que je vous ai fait.

Guenièvre – Vous avez rien fait.

Arthur – Je croyais que c'était à cause de tout à l'heure, quand je vous ai dit que, de dos, vous ressembliez à ma tante.

Guenièvre *(après réflexion)* – À part ça, vous avez rien fait.

Arthur – Alors quoi ?

Guenièvre – C'est moi, je suis à cran aujourd'hui.

Arthur – Demain, ça ira mieux.

Guenièvre *(à elle-même)* – Sûrement pas…

Arthur – Demain, ça ira pas mieux ?

Guenièvre – Vous vous souvenez de cette chose délicieuse que j'avais ramenée de mon voyage à Rome et qui s'appelle « la pâte d'amande » ?

Arthur – « La pâte d'amande » ? Ah ouais, c'est bon ça !

Guenièvre *(froide)* – Excellent.

Arthur – Quel rapport avec le fait que vous êtes chiante ?

Guenièvre – Le rapport, c'est qu'il n'y a plus de pâte d'amande.

Arthur *(ne sachant pas quoi penser)* – Je savais même pas qu'il y en avait eu, moi…

3. INT. CHAMBRE D'ARTHUR – ENSUITE

La discussion se poursuit.

Arthur – Je comprends pas… Vous me dites que vous en aviez ramené combien ?

Guenièvre – Oh pas énorme…

Arthur – Oui mais « pas énorme » combien ?

Guenièvre – Je ne sais plus ! Quatre ou cinq livres…

Arthur *(surpris)* – Quatre ou cinq livres !

Guenièvre – J'ai pas tout gardé pour moi ! J'en ai offert, figurez-vous.

Arthur – Offert à qui ?

Guenièvre *(cherchant)* – À… Ben à vous !

Arthur – Ah non ! Vous m'avez jamais offert de pâte d'amande !

Guenièvre – Bon ben j'en ai pas offert ! Qu'est-ce que ça change ?

Arthur – Ça change que vous vous êtes enfilé quatre ou cinq livres de pâte d'amande en une demi-saison et que ça tombe bien qu'il y en ait plus parce qu'à ce rythme-là, dans six mois, vous étiez large comme le lit !

Guenièvre, se rendant compte de sa dépendance, commence à craquer.

Guenièvre – Tous les jours, je me disais : « Aujourd'hui, t'en prends pas… Aujourd'hui, t'en prends pas… » J'ai jamais réussi à me contrôler.

Arthur – Bah là, vous serez bien obligée.

Guenièvre *(paniquée)* – Mais qu'est-ce que je vais devenir, maintenant que mon corps s'est habitué ?

Arthur – Il va se déshabitué. Comment vous faisiez, avant ?

Guenièvre *(crisant)* – Mais avant, ma vie, c'était de la merde ! Vous entendez ? Recevoir le Chef de ci, le Roi de mi, toujours polie, toujours bien mise, le symbole de la Nation bretonne ! Il en faut bien, des compensations, pour encaisser toutes ces conneries ! Toujours s'occuper de quelque chose, et surtout de vous parce que vous avez des « responsabilités » ! Et qui s'occupe de moi, pendant ce temps? Eh ben oui! Maintenant qu'il y a plus de pâte d'amande, je tourne en rond! Je suis sur les nerfs! J'ai pas d'amies, j'ai pas de loisirs… Comme vous me touchez pas, les choses de l'amour, je m'assois dessus – et je parle au figuré –, alors je me suis plongée dans la pâte d'amande!

Un temps.

GUENIÈVRE – Et quand je vous regarde et que je vois comment vous me traitez, je me dis que j'aurais meilleur compte d'aller d'ici jusqu'à Rome à pied pour en chercher parce que c'est finalement la meilleure chose qui me soit arrivée!

La chambre est plongée dans le silence.

ARTHUR – Je crois pas que vous soyez le symbole de la Nation bretonne…

4. INT. COULOIRS – JOUR

ARTHUR rencontre BOHORT dans les couloirs.

ARTHUR – Bohort!

BOHORT – Oui Sire?

ARTHUR – Dites moi, le dernier voyage à Rome, vous en faisiez bien partie, vous?

BOHORT – Oui, oh! Une fantastique excursion!

ARTHUR – Mmh. Vous avez goûté des spécialités, là-bas? Des pâtisseries…

BOHORT – Ma foi oui. Quelques très bonnes choses, d'ailleurs… *(plaisantant)* Gourmand comme je suis, Rome est une ville dangereuse pour moi!

ARTHUR – Ouais… Mais justement, gourmand comme vous êtes, est-ce que vous avez goûté « la pâte d'amande »?

*Soudain, le visage de B*ohort *se durcit.*

Bohort *(tendu)* – Oui… Peut-être, je ne me souviens plus…

Arthur *(inquisiteur)* – Vous en avez ramené ?

Bohort – Non.

Arthur *(saisissant Bohort au col)* – Vous en avez ramené ?

Bohort – Pitié Sire, il ne m'en reste qu'un tout petit morceau !

Arthur – Donnez-le moi.

Bohort *(pleurant)* – Non ! De grâce, Sire ! Tout ce que vous voulez mais pas ça !

Arthur – Je vous mets un pain.

FERMETURE

5. INT. CHAMBRE D'ARTHUR – NUIT

*A*rthur *et* Guenièvre *sont au lit. A*rthur *sort un petit paquet enveloppé dans un linge.*

Guenièvre – Je suis désolée pour hier. J'étais sur les nerfs, je ne pensais pas un mot de ce que je vous ai dit. Je suis très heureuse ici, ça va sans dire.

Arthur *hésite.*

Arthur – Ah bon… Mais…

Guenièvre – Qu'est-ce que vous avez, là ?

Arthur – Non mais c'est parce que je m'étais débrouillé… *(ouvrant le linge)* Je vous ai trouvé un petit cochon…

Guenièvre – En pâte d'amande ?

Arthur – Ben ouais…

NOIR

Un grognement de panthère résonne dans la pièce. Arthur *hurle de douleur.*

Arthur *(over)* – Aaah ! Mais vous êtes marteau ! Regardez-moi ça, ça pisse le sang !

91
La Fureur Du Dragon

A. ASTIER

3 CORS

1. EXT. FORÊT – JOUR

ARTHUR et PERCEVAL sont accroupis, appuyés à un arbre. Inquiets et sur leurs gardes, ils jettent des regards paniqués derrière eux, à travers les arbres. GAUVAIN et YVAIN viennent, essoufflés, se réfugier auprès d'eux. Ils se font questionner.

ARTHUR – Alors ? Vous l'avez vu ?

PERCEVAL – C'est un gros Dragon, un petit Dragon ?

GAUVAIN – On ne l'a pas vu, mon oncle.

YVAIN – De toute façon, il est même pas là, alors…

Au loin, le Dragon rugit de colère.

ARTHUR – Et ça, c'est un phacochère ?

OUVERTURE

2. EXT. FORÊT – PLUS TARD

Les Chevaliers attendent qu'ARTHUR, en pleine réflexion, leur donne un ordre. Au loin, le Dragon se manifeste.

Perceval – On dirait qu'il se rapproche…

Le Dragon se manifeste de nouveau.

Perceval – … ou alors, il s'éloigne.

Arthur, perturbé dans sa concentration, se retourne vers Perceval.

Arthur – Ah, heureusement que vous êtes là !

Perceval – C'est difficile de jauger. On l'entend mais on le voit jamais !

Gauvain – Tout ceci ne me dit rien qui vaille…

Yvain – C'est comme si on était menacés par une menace aveugle. Enfin non, c'est comme si nous, on était aveugles et qu'on soit menacés… Non…

Arthur *(le coupant)* – Bon, retournez-y.

Gauvain *(inquiet)* – Encore nous ?

Arthur – Oui, pourquoi ? Vous êtes fatigués ?

Gauvain – Du tout, mon oncle ! Nous nous montrerons dignes de cette quête !

Arthur – Voilà. *(à Perceval)* De toute façon, vous vouliez pas y aller, vous ?

Perceval – Comment ça ?

Arthur – Vous-même, vous teniez pas absolument à y aller ?

Perceval – Ben… c'est pas que j'y tiens pas…

Arthur – Vous voulez y aller ?

Perceval – Ah non.

Arthur – Bon. *(aux deux autres)* Allez-y, vous.

3. EXT. FORÊT – ENSUITE

> *Arthur et Perceval, à l'abri derrière les arbres, s'adressent à Gauvain et Yvain qui se sont enfoncés dans les bois à la recherche du Dragon.*

Arthur *(fort, à Gauvain et Yvain)* – Alors ? Vous le voyez ou pas ?

Gauvain *(off)* – Non, mon oncle !

Yvain *(off)* – Rien du tout !

Perceval *(aussi stratège qu'Arthur)* – Et est-ce que vous l'entendez ?

Arthur *(à Perceval)* – Évidemment qu'ils l'entendent ! puisqu'on l'entend, nous !

Gauvain *(off)* – On l'entend comme vous !

Arthur *(méprisant, à Perceval)* – Bah voilà.

Yvain *(off)* – De manière égale, j'ai envie de dire !

Perceval *(à Arthur)* – Ah , ça, c'est intéressant !

Arthur – De quoi ?

Perceval – S'ils entendent le Dragon exactement au même volume que nous, ça veut dire qu'on est équidistants.

Arthur *(étonné)* – Équidistants ?

Perceval – Quoi ? Ça veut pas dire ça ?

Arthur – Mmh… Là, en l'occurrence, ça peut. Non mais ça m'étonne de vous voir employer ce mot-là.

Perceval – Ben si, si c'est le même volume sonore, on est équidistants.

Arthur – Par rapport à qui ?

Perceval – À eux !

Arthur – À eux et quoi ? Ça suffit pas ! Avec le Dragon ?

Perceval – Ah bah, après, j'en sais rien. S'ils sont équidistants en même temps que nous, on peut repérer le Dragon par rapport à une certaine distance ! Si le Dragon s'éloigne, on sera équidistants mais ce sera vachement moins précis parce que ce sera pas réciproque !

Arthur *(rassuré)* – Ouais d'accord. Vous savez pas du tout ce que ça veut dire, en fait.

Perceval *(fort, aux autres)* – Est-ce que vous entendez le Dragon exactement au même volume que nous ?

Arthur – Mais qu'est-ce que ça veut dire, ça ?

Gauvain *(OFF)* – Exactement au même volume ?

Arthur *(à Gauvain et Yvain)* – Non mais c'est rien, c'est rien ! Continuez de chercher !

Perceval *(emporté par son élan)* – Décrivez-nous précisément la nature du terrain !

Arthur *(à Perceval)* – Non mais arrêtez ! On n'en a rien à foutre !

Perceval – Qu'est-ce que je leur demande, alors ?

Arthur – Vous arrêtez de leur demander des trucs à la con ! Vous la fermez !

Gauvain *(OFF)* – On arpente un sol argileux, plutôt humide…

Arthur est désespéré.

Yvain *(OFF)* – Végétation assez dense, grande concentration de conifères…

4. EXT. FORÊT – ENSUITE

Arthur est assailli par les propositions stratégiques de Perceval.

Perceval – Si on pouvait s'arranger pour faire croire au Dragon qu'on est partis, lui, il se dirait : « Tac, je peux revenir ! » Hop, nous on s'est cachés dans un trou qu'on a creusé…

Au loin, les deux jeunes Chevaliers sont pris de panique.

Gauvain *(off)* – Mon oncle ! Mon oncle ! Le Dragon !

Yvain *(off)* – Il est juste au-dessus de nous !

Gauvain *(off)* – Vite !

Yvain *(off)* – Vite !

Arthur – « Vite » ? Quoi « vite » ?

Yvain *(off)* – Ben, qu'est-ce qu'on fait ?

Arthur – Comment « qu'est-ce qu'on fait ? » Mais tirez-lui dessus, bon Dieu !

Gauvain *(off)* – Mon oncle, je crains que nous ayons omis de nous munir de nos arbalètes !

Arthur – Quoi ? *(à lui-même, désespéré)* Oh putain…

Perceval – Il faut attendre qu'il atterrisse et l'attaquer direct à l'épée.

Arthur *(aux deux autres)* – Mais faites quelque chose, bon sang ! Vous n'avez pas une lance ? Ou une fronde ?

Un temps.

Yvain *(off)* – À la limite, on pourrait essayer de lui lancer une grosse pierre !

Un grand bruit se fait entendre dans la forêt, suivi d'un cri du Dragon. Gauvain et Yvain hurlent.

Gauvain *(off)* – Aaah ! Au secours !

Yvain *(off)* – À l'aide !

Gauvain *(off)* – Mon oncle ! Mon oncle !

Arthur et Perceval sont paniqués.

Perceval – Qu'est-ce qui se passe ?

Arthur – Revenez ! Revenez !

Perceval – Dépêchez-vous !

Gauvain et Yvain arrivent essoufflés, couverts de fiente.

Yvain – Il nous a chié dessus.

FERMETURE

5. EXT. FORÊT – PLUS TARD

Les deux jeunes Chevaliers sont assis, adossés à un arbre. Perceval tente de les consoler.

Perceval – Non mais faut pas vous faire de souci. Ça peut arriver à tout le monde.

Gauvain – Je crains d'avoir profondément déçu mon oncle.

Yvain – Pour une fois qu'il nous donne une mission…

Perceval – C'est rien ça. Et puis croyez moi, il vaut mieux que ça vienne d'un Dragon plutôt que d'un type qui a pas fait gaffe que vous étiez en train de pêcher en bas du pont juste à ce moment-là !

Gauvain et Yvain, étonnés, se retournent vers Perceval.

Gauvain – Quoi ?

NOIR

Perceval *(over)* – Ouais enfin, je me comprends.

92
Vox Populi

A. Astier

3 CORS

1. INT. TAVERNE – JOUR

Arthur, Léodagan et Karadoc se sont installés à une table. Ils restent masqués sous leur capuchon.

Arthur – Alors? Ça va, il y a pas trop de gens que vous connaissez?

Karadoc – Celui-là, derrière, je l'ai jamais vu mais les deux autres dans le fond, c'est des habitués.

Arthur – Alors tâchez qu'ils vous reconnaissent pas!

Léodagan – Je sais pas comment vous faites pour les reconnaître… Ils ont tous la même tête d'alcoolo.

Karadoc *(désignant l'homme derrière lui)* – Lui, je suis pas près de l'oublier, il m'a vomi dessus, une fois!

OUVERTURE

2. INT. TAVERNE – PLUS TARD

Les Chevaliers sont à leur table. Arthur veille à la discrétion.

Karadoc *(soupirant)* – Ah! J'en ai plein les pattes!

Arthur – Chut, Karadoc, bon Dieu! Je vous dis que je veux pas qu'on nous remarque!

Léodagan – Non mais détendez-vous, aussi. C'est pas la mort d'un petit cheval!

Arthur – Non, je me détendrai pas! Une fois pour toutes : les Chevaliers au bistrot, c'est le déshonneur!

Léodagan – On marche depuis le lever du soleil…

Arthur – Oui, c'est bon! Je connais le couplet : « On est fatigués, on est fatigués… » Vous me le cancanez depuis midi!

Léodagan – Arrêtez de vous agiter, déjà! C'est vous qui nous faites remarquer!

Karadoc – Même si les gens savaient que c'était nous, qu'est-ce ça peut faire? Ils seraient contents de voir que les Chevaliers se mélangent au peuple…

Léodagan – Ouais! Ça prouve déjà qu'on pète pas plus haut que nos culs!

Arthur – Si les gens savaient qui on est, ils se diraient qu'ils sont dirigés par des rince-pintes, c'est tout!

Karadoc – Mais non…

Léodagan – On seraient pétés comme des coings, encore… Mais là…

Karadoc – Allez… *(fort)* Patron! Trois kils de pif!

Arthur ne sait plus où se mettre.

3. INT. TAVERNE – ENSUITE

Arthur, Léodagan et Karadoc boivent et mangent. Ils sont toujours encapuchonnés.

Léodagan – À quoi ça ressemble de becqueter avec les capuchons ?

Karadoc – On crève de chaud, en plus.

Arthur – Arrêtez de couiner et magnez-vous ! Dans dix minutes, on décarre.

Léodagan – Puisqu'on est incognito, vous devriez en profiter pour savoir ce qu'on pense de vous !

Arthur – Ce que qui pense de moi ?

Léodagan – Ben, les grouillots ! Enfin, le peuple, quoi… *(fort)* Tavernier !

Arthur – Mais qu'est-ce vous faites ?

Léodagan – Laissez faire.

Le Tavernier *(arrivant, constatant les bouteilles presque vides)* – Eh ben dites donc, ils avaient soif, les capuchons ! Je vous mets les petites sœurs ?

Arthur – Non, non c'est bon !

Karadoc – Ah bah si, pour finir le fromage !

Léodagan – Dites-moi l'ami, qu'est-ce que vous pensez du Roi Arthur ?

Le Tavernier – Du Roi Arthur ?

Léodagan – Ouais, les Chevaliers, la Quête du Graal, tout ce merdier, là…

Arthur *(discrètement à Léodagan)* – L'influencez pas, non plus !

Le Tavernier – Le Roi Arthur… Je sais pas bien quoi vous dire, moi…

Léodagan – Vous trouvez pas qu'on est dirigés par une troupe de mains dans les poches ?

Arthur – Mais laissez-le parler !

Le Tavernier – Je dirais pas ça… Le Graal, c'est vrai que ce serait pas mal que ça décolle un peu, cette histoire !

Karadoc *(à lui-même, tapotant le pain)* – Qu'est-ce qu'il est sec, le brignolet ! Il doit pas être d'hier…

Le Tavernier – Parce que je vais vous dire, au début, les gens, ils soutenaient bien et puis avec le temps – pas de Graal, pas de Graal – ils se sont essoufflés.

Léodagan – Eh ouais, ça m'étonne pas.

Arthur – Ça va, hein…

Karadoc *(à lui-même, humant le fromage)* – Le frogomme, par contre, il est pas piqué des hannetons !

Le Tavernier – Le plus emmerdant quand on est un peu patriote, c'est de savoir que nous, on est pas foutus de mettre la main sur un Graal alors que les Irlandais, ils en ont déjà deux ou trois !

4. INT. TAVERNE – ENSUITE

Les Chevaliers, toujours incognito, s'entretiennent avec le Tavernier.

Léodagan *(au Tavernier)* – Par exemple, si vous aviez le Roi Arthur devant vous, là, qu'est-ce que vous lui diriez ?

Le Tavernier – Ben, déjà, avec deux trois potes tenanciers, on lui parlerait un peu de sa taxe sur les boissons alcoolisées, voyez ? À coups de bâton dans les jambes…

Léodagan – Ah ouais, c'est vrai qu'on a mis ça en place ! Enfin, quand je dis « on »… les peigne-culs du gouvernement, quoi !

Le Tavernier – Ah, les fumiers ! Ils nous piquent six pièces de bronze à chaque tonneau de jaja !

Karadoc *(écœuré)* – C'est vrai que c'est dégueulasse.

Arthur *(préparant une gifle pour Karadoc)* – Vous voulez vous la manger, celle-là?

Le Tavernier – Heureusement, on s'est mis à fabriquer nous-mêmes en sourdine, sinon on s'en sortait pas!

Léodagan – Vous avez pas peur des contrôles?

Le Tavernier – Ça m'inquiète pas plus que ça…

Léodagan – Ah ouais. Moi, je serais vous, je me méfierais, quand même. Surtout dans les jours qui viennent.

Le Tavernier – Je vais vous dire, quand je vois le boulot que j'abats, trois heures de sommeil par nuit et les trois pauvres ronds que j'arrive à mettre à gauche, le Roi Arthur, j'aurais qu'une envie, ce serait de lui mettre mes chiens au cul.

Karadoc – Sire, comme un con, j'ai oublié ma bourse… Vous pouvez m'avancer?

Le Tavernier – « Sire »?

FERMETURE

5. INT. TAVERNE – PLUS TARD

Léodagan continue de s'entretenir avec le Tavernier.

Léodagan – Moi, je peux vous dire que si j'avais le Roi Arthur devant moi, je lui dirais gentiment ce que pense de sa façon de baisser son froc devant les Romains!

Arthur – Qui, qui baisse son froc?

Léodagan – Si je l'avais devant moi!

Karadoc – Moi, je lui dirais d'arrêter de faire son petit Chef, là… Toujours à se la raconter… Karadoc, allez faire ci, allez faire ça!

Arthur lance un regard noir à Karadoc.

NOIR

Karadoc *(over)* – Il a un peu tendance à prendre les gens pour des cons.

93
Unagi

A. Astier

3 CORS

1. INT. SALLE D'ARMES – JOUR

Perceval et Karadoc se livrent à un étonnant manège. L'un avance et l'autre l'évite en pivotant sur le côté.

Perceval *(avançant)* – Bon, normalement, c'est plus vite, hein!

Karadoc – Moi, tac! J'esquive par le côté!

Perceval – Du coup, je suis emporté par ma force et je vais me benner la gueule par là-bas!

Karadoc – Ça me laisse le temps de me retourner pour attendre la prochaine attaque.

Perceval – Ouais mais attention parce que j'ai le temps de prendre du sable et de vous l'envoyer dans les yeux…

Karadoc – Ça fait rien, je me retourne, comme ça…

Perceval – Ouais. Ouais, ça marche.

Les Chevaliers sont épuisés par tant de concentration.

OUVERTURE

2. INT. SALLE D'ARMES – PLUS TARD

Arthur s'approche de Perceval et Karadoc qui mangent un morceau.

Arthur *(poli)* – Ça va ?

Karadoc et Perceval approuvent muettement, la bouche pleine.

Arthur – Je vous observe depuis ce matin… Ça vous fait pas mal à la tête de glandouiller vingt-quatre heures sur vingt-quatre ?

Perceval – Attendez, on n'est pas entrain de glander, Sire ! On fait une pause !

Arthur – Une pause ? Et entre quoi et quoi, sans vouloir être indiscret ?

Karadoc – On est en pleine séance d'entraînement.

Arthur – Tiens donc !

Perceval – On est en train d'inventer une nouvelle technique de combat !

Arthur – Ah, carrément ?

Karadoc – Ouais. Une toute nouvelle technique. C'est ambitieux, hein ?

Arthur – Ah bah, je comprends ! Surtout que vous connaissez pas les anciennes !

Karadoc – Quand même, on a des bases…

Perceval – On a appris le maniement de l'épée, comme tout le monde…

Arthur – Et vous vous entraînez avec des saucissons ?

Karadoc – Non, là, c'est la pause.

Arthur – D'accord… et vous vous entraînez sans épées, donc… ?

Karadoc – Justement, on s'en sert plus, nous.

Perceval – C'est ça, la nouvelle technique. Tout à mains nues. Les armes, c'est pourri !

Karadoc – À part pour ceux qui aiment bien se la péter, un peu…

Perceval et Karadoc rient de bon cœur puis réfléchissent une seconde.

Perceval – Enfin, on dit pas ça pour vous, Sire…

3. INT. SALLE D'ARMES – ENSUITE

Perceval et Karadoc commentent leur nouvelle technique à Arthur.

Perceval – Premier point important de notre nouvelle technique : l'esquive.

Karadoc – Tout est là !

Perceval – Parce que l'ennemi, il arrive pas à vous toucher une fois, bon. Il arrive pas à vous toucher deux fois, bon, encore… Il arrive pas à vous toucher trois fois, heu…

Karadoc – Trois fois, encore, à la limite…

Perceval – Ouais, bon. Mais il arrive pas à vous toucher quatre fois…

Arthur – Il en a marre. D'accord. Et alors ?

Karadoc – « Il en a marre… » Après, tout dépend de la patience du mec…

Arthur *(impatient)* – Mettons qu'il soit comme moi, par exemple. Qu'il en ait vite marre dès que ça traîne en longueur.

Perceval – Eh ben le type, à force, il se décourage et il se tire.

Karadoc – C'est de la logique pure!

Perceval – Et hop, pas de combat, pas de blessures… *(désignant sa tête)* C'est tout…

Karadoc – Ouais… *(désignant sa tête)* C'est un combat, mais…

Arthur – Psychologique?

Karadoc – Non non, qui se passe dans la tête…

Perceval – Ouais, je vois ce qu'il veut dire.

Arthur – Psychologique!

Perceval – Non, psychologique, c'est tout ce qui est à la campagne, non?

Arthur *(perdu)* – À la campagne?

Perceval – Ouais, les céréales, les machins…

Arthur *(hésitant)* – Agricole?

Perceval – Ah ouais, agricole!

Karadoc – Non alors du coup, c'est pas ça. Moi, je veux dire que c'est un combat qui se passe dans la tête.

Arthur *(impatient)* – Psychologique!

Karadoc *(soudain)* – Voilà! Psychologique!

Arthur *(s'efforçant de rester calme)* – Donc là, ça fait depuis ce matin que vous faites des combats psychologiques?

Karadoc – Exactement. Parce qu'en combat, le plus important, c'est de connaître ses points forts et ses points faibles.

Perceval – Nous, au combat à l'épée, on n'est peut-être pas les meilleurs *(désignant sa tête)* mais là-dedans, par contre, ça carbure!

4. INT. SALLE D'ARMES – ENSUITE

Perceval et Karadoc font la démonstration de leur nouvelle technique à Arthur.

Karadoc – Donc là, s'il y a une attaque de côté, hop!

Perceval donne, au ralenti, un coup d'épée horizontal tandis que Karadoc se baisse.

Karadoc – Je me baisse! Et là, attention – il faut faire gaffe aux coups de pute – si l'autre retape direct, je me tiens prêt à me rebaisser!

Perceval donne un coup en sens inverse et Karadoc se baisse à nouveau.

Perceval – Vous suivez, Sire?

Arthur – J'essaie. Ça va un peu vite mais… jusque-là, ça va.

Perceval – Bon alors maintenant, plus dur!

Karadoc – En cas d'attaque horizontale par le dessus.

Arthur – Verticale, donc.

Perceval – Non, verticale, on vient de le faire.

Karadoc – Vous voulez qu'on le refasse?

Arthur *(cédant)* – Non, allez-y, enchaînez.

Karadoc – Le coup arrive et là, attention, j'ai le choix entre la gauche et la droite! Et là, j'ai pas le temps de lambiner, il faut que je décide! Tac, droite!

Il esquive à gauche, toujours au ralenti.

Arthur – Gauche…

Karadoc – Non non, gauche, je le ferai après.

Perceval – Vous inquiétez pas, on va tout vous montrer.

FERMETURE

5. INT. SALLE D'ARMES – PLUS TARD

Perceval et Karadoc, seuls, continuent leurs recherches. Perceval, muni d'une gigantesque hache, s'apprête à frapper de toutes ses forces la tête casquée de Karadoc.

Karadoc – Allez-y, allez-y !

Perceval – Ça me fout les jetons, quand même !

Karadoc – Non, non ! Allez-y franco, de toute façon, je vais esquiver !

Perceval – Prêt ?

Karadoc – Prêt !

Perceval frappe.

NOIR

Un énorme bruit de métal résonne. Un corps tombe.

Perceval *(over)* – Ah ouais. Je l'ai fait trop fulgurant, là…

94
L'Éclaireur

A. Astier

3 CORS

1. EXT. TENTE DE COMMANDEMENT – JOUR

Arthur et Léodagan débattent d'un problème stratégique.

Arthur – Donc, on n'a plus un seul éclaireur ? Ils sont tous morts ?

Léodagan – Tous morts ou ils se sont fait des copains dans le camp ennemi... En tout cas, ils sont pas revenus.

Arthur – Alors qu'est-ce qu'on fait ?

Léodagan – On pourrait envoyer le Seigneur Perceval !

Arthur – Vous avez rien de plus furtif ? Là, dans le genre discret...

Léodagan – Bah non.

Arthur – Parce que là, quitte à se faire repérer, on prendrait moins de risque à faire venir un orchestre...

OUVERTURE

2. EXT. TENTE DE COMMANDEMENT – PLUS TARD

Arthur et Léodagan ont convoqué Perceval.

Perceval – Mais pourquoi vous me demandez ça à moi ?

Arthur – Parce que là, il y a que vous. Vous vous doutez bien que si on pouvait faire autrement…

Perceval – Je sais même pas ce que c'est, un éclaireur, moi.

Léodagan – L'éclaireur, c'est la pauvre pomme qui part avant tout le monde pour vérifier que la route est sûre ou que les ennemis sont bien où on croit qu'ils sont.

Perceval – Et c'est ça que vous voulez que je fasse… ?

Léodagan – Voilà. Mais on se fait pas d'illusion, vous inquiétez pas.

Arthur – On aura déjà du bol si vous vous paumez pas en route…

Perceval – Ouais, moi, je sais pas me repérer.

Arthur – Non, non mais on sait. On sait.

Perceval – Bon et une fois que je tombe sur les ennemis, qu'est-ce que je leur dis ?

Léodagan – Le but du jeu, c'est justement de pas tomber dessus.

Arthur – Enfin, de tomber dessus de loin, sans qu'ils le sachent. Parce que s'ils vous repèrent, attention !

Léodagan – Ouais, les Vandales, c'est pas des câlins.

Perceval – Les Vandales ? Qu'est-ce que c'est que ça, les Vandales ?

Léodagan *(souriant)* – C'est les envahisseurs, les Vandales. Ça fait juste un mois et demi qu'on est en guerre contre eux.

Arthur – Rassurez-moi… Vous en avez déjà vu, bien sûr ? Vous savez les reconnaître ?

Perceval – Ben en fait, comme mon poste, c'est plutôt de sécuriser l'arrière du terrain, à chaque fois qu'il y a de la filoche, je suis trop loin, je vois rien.

3. EXT. FORÊT – JOUR

Arthur et Perceval sont seuls en pleine forêt. Ils ont décidé de faire une pause dans leur marche.

Perceval – C'est gentil de m'avoir accompagné, Sire.

Arthur – Ah, taisez-vous. J'en reviens pas d'être obligé de donner des leçons de pistage avec tout le boulot qui me reste au camp !

Perceval – Non mais vous me mettez juste sur la bonne voie, après, je me débrouille.

Arthur – Mais ça fait une heure et demie que vous me dites ça ! À chaque fois que je vous dis « C'est bon ? », vous me dites « Encore un bout de chemin… » !

Perceval – C'est pour être sûr !

Arthur – Je suis en armure complète, en plus ! Si j'avais su que je partais pour quatre lieues, je vous jure que j'aurais enfilé autre chose !

Perceval – Bah moi, j'ai bien gardé la mienne…

Arthur – Mais vous, vous êtes un débile ! Cinquante fois, on vous a dit « Laissez votre armure au camp, ça va vous crever et vous allez vous faire repérer à cause du bruit ! »

Perceval – Mais vous m'avez dit que moi, de toute façon, je me ferais repérer !

Arthur – Oui, ça, il y a de grandes chances.

Perceval – Du coup, quitte à me faire repérer, j'aime autant être en armure.

Arthur *(convenant)* – Ça se défend.

Perceval – Bon alors, maintenant, qu'est-ce qu'on fait ?

Arthur – Moi, rien, c'est fini, je rentre au campement ! Ça va bien maintenant.

Perceval – Mais je vais par où, alors ?

Arthur – Mais je ne sais pas, démerdez-vous, un petit peu ! Vous trouvez le camp ennemi et vous revenez !

Perceval – Ouais mais par où ? *(désignant une direction)* Par là ?

Arthur – Mais on en vient, de là ! C'est notre camp, là ! Ils sont pas là !

Perceval – J'ai pas le sens de l'orientation…

Arthur *(après avoir soupiré)* – Tenez, un bon truc d'éclaireur, vous essayez de renifler une odeur de feu de bois. Ça, ça peut être leur camp.

Perceval – Moi, j'ai pas bien d'odorat.

Arthur – Ou le bruit des chevaux, aussi. Ça peut indiquer.

Perceval *(désignant ses oreilles)* – Pareil. Je suis pas bien fortiche des étagères.

Arthur – Ah, écoutez ! Si vous êtes pas capable de faire le moindre truc, vous n'avez qu'à passer le restant de vos jours dans une chaise à côté de la cheminée à peler des châtaignes ! Moi, je me casse, j'en ai ras le pif !

Il s'en va.

4. **EXT. TENTE DE COMMANDEMENT – JOUR**

Arthur et Léodagan discutent avec Perceval et Karadoc.

Perceval – J'ai fait pile comme vous avez dit : tout au feu de bois !

Léodagan – Tout au feu de bois ?

Arthur – Non mais laissez, c'est compliqué.

Perceval – J'arrive à repérer le sens de la fumée, je marche, je marche, je marche… Et boum !

Léodagan – Boum quoi ?

Perceval – Boum, je tombe sur notre camp.

Léodagan – Notre camp à nous ?

Perceval – Bah ouais, la fumée venait de chez nous.

Arthur – C'est quand même étonnant, vu que j'avais formellement interdit de faire le moindre feu justement pour pas qu'on se fasse repérer !

Karadoc – Non mais j'avais fait juste un tout petit feu pour faire cuire un truc… Je comptais l'éteindre tout de suite après.

Perceval – Alors moi, je repère la fumée, je me dis « Je suis sur la bonne voie… », et boum !

Léodagan – Boum quoi ?

Perceval – Boum, je tombe sur le Seigneur Karadoc qui fait griller un bout de viande.

Léodagan – Donc, vous avez pas du tout repéré où étaient les Vandales.

Perceval – Ben non. Par contre, j'ai bien repéré où on était nous. Ça m'évitera de me paumer à chaque fois que je vais pisser.

FERMETURE

5. EXT. FORÊT – JOUR

Perceval approche, ajustant le bas de son plastron de cuirasse. Il sort du champ vers la droite. Quelques secondes plus tard, il traverse le champ dans l'autre sens. Enfin, il revient et s'immobilise pour faire le point. Il sort finalement vers la droite.

NOIR

Perceval *(over)* – Eh, les mecs, où vous êtes ? Faites pas les cons !

95
Lacrimosa

A. Astier

3 CORS

1. INT. CHAMBRE D'ARTHUR - NUIT

Demetra et Guenièvre sont en pleine discussion.

Guenièvre – Ce que je ne comprends pas, c'est la raison pour laquelle il fait ces choses-là avec vous et pas avec moi. Je suis quand même sa femme !

Demetra – Quand il revient d'avec vous – ne le prenez pas mal –, il est à cran, il est triste. Alors du coup, moi, tac ! Je le réconforte. Il a juste besoin de câlins.

Guenièvre – Oui mais moi, quand il revient d'avec vous, il va très bien. Il a juste besoin que je lui foute la paix.

OUVERTURE

2. INT. CHAMBRE D'ARTHUR - PLUS TARD

Demetra tient une fiole contenant un liquide jaunâtre.

Demetra *(tendant la fiole à Guenièvre)* – Tenez.

Guenièvre – Vous êtes sûre que ça risque rien ?

Demetra – Qu'est-ce que vous voulez que ça risque ? C'est une potion de chagrin.

Guenièvre – Moi, tout ce qui est magique…

Demetra – Mais c'est basique, ça. Merlin en fait quinze gallons par semaine, il a jamais eu un pépin.

Guenièvre – Oui mais quand même…

Demetra – Dépêchez-vous, Arthur va arriver d'une minute à l'autre! Donnez-moi la tisane.

Guenièvre tend à Demetra une coupe fumante. Demetra y verse quelques gouttes de la potion de chagrin.

Demetra – Voilà. Avec ça, il va être tout triste et vous, hop! Il vous reste plus qu'à le consoler.

Guenièvre – Vous êtes sûre qu'il aura envie de faire des… des choses s'il est triste?

Demetra – Je sais comment il marche, vous pouvez me faire confiance.

Guenièvre – Qu'est-ce que je fais, une fois qu'il a bu?

Demetra – Après, c'est sûr, c'est pas la potion qui fait tout… Il y a votre charme naturel, votre animalité… La potion, c'est juste un coup de pouce!

Guenièvre réfléchit quelques secondes et verse la quasi-totalité de la fiole dans la coupe. Demetra n'a pas le temps de l'arrêter.

Demetra – Hé ho! Mais vous êtes dingue!

3. INT. CHAMBRE D'ARTHUR - PLUS TARD

Arthur est couché à côté de sa femme. Il est en larmes et pleure sans discontinuer.

Arthur *(en sanglots)* – Ah, chienne de vie!

Guenièvre *(confuse)* – Il faut pas dire ça…

Arthur – Qu'est-ce que vous voulez dire d'autre ? Il y a des jours, je vous assure… Je suis à deux doigts de tout laisser tomber !

Guenièvre – Il faut pas dire ça…

Arthur – Et à chaque fois : « Non ! Allez ! Tiens le coup ! Tu verras ! Tout ça, c'est pas pour rien ! » Et je repars, je remonte la pente… J'essaye de faire ce que je peux pour tenir la tête hors de l'eau…

Guenièvre – Il faut pas dire ça…

Arthur – Et puis finalement, tout retombe comme un soufflé. Non, ça vaut pas le coup, je vous dis.

Guenièvre – Vous avez peut-être besoin d'un peu de soutien…

Arthur – Quoi ? *(très méprisant)* Mais arrêtez de dire n'importe quoi sans arrêt. Qu'est-ce que j'ai dans ma vie, moi ? Hein ? Qu'est-ce que j'ai ?

Guenièvre – Ben… Vous êtes Roi de Bretagne, quand même ! Vous menez une des Quêtes les plus nobles qui…

Arthur *(la coupant)* – Ah non mais taisez-vous, je vous en prie !

Guenièvre *(hésitante)* – Vous m'avez moi.

Les sanglots d'Arthur redoublent.

Arthur – Rien, je vous dis. Rien de rien de rien de rien.

Guenièvre reste quelques secondes désemparée puis tente un geste et prend Arthur dans ses bras.

Arthur – Qu'est-ce que vous foutez, vous êtes dingue ?

Guenièvre – Laissez-vous faire, deux minutes.

Arthur – Mais laisser faire quoi ?

Guenièvre – Là, restez tranquille.

Arthur – Mais vous voyez pas que je suis pas dans mon assiette ?

Guenièvre – Essayez, qu'est-ce que ça vous coûte ? Bouclez-la un peu et respirez ! Et puis si vraiment ça passe pas, on arrête.

Arthur – Mais…

Guenièvre – Fermez les yeux et essayez de vous calmer.

Arthur ferme les yeux et commence à se détendre.

Guenièvre – Voilà. Vous êtes à cran, ça va passer. *(osant)* Vous savez ce qu'on devrait faire pour que vous soyez parfaitement détendu ?

Arthur replonge dans ses larmes et sanglote.

4. INT. CHAMBRE D'ARTHUR - ENSUITE

Arthur va mieux. Il sèche ses larmes. À ses côtés, Guenièvre a pris son mal en patience.

Arthur – Je suis désolé, hein. Je sais pas ce qui m'a pris… C'est pourtant pas mon genre !

Guenièvre *(absente)* – C'est pas grave.

Arthur – Non mais, c'est les nerfs. Avec les journées de taré que me farcis, c'est pas étonnant que ça craque.

Guenièvre – Puisque je vous dis que c'est pas grave.

Arthur – En tout cas, c'est gentil de le prendre comme ça. Je sais bien que, vous aussi, vous avez vos problèmes ; vous avez pas à subir les miens en plus…

Guenièvre – Ne dites pas de bêtises, je suis là pour ça, vous le savez bien.

Arthur – Ouais mais quand même… Vous encaissez, vous encaissez… Et vous savez trouver de la douceur quand il faut… C'est vraiment gentil.

Il lui caresse la joue. Guenièvre est étonnée.

Arthur – Heureusement que je vous ai.

Il va pour l'embrasser, hésite, puis l'embrasse sur la joue. Puis dans le cou. Il la regarde en souriant. Elle lui rend son sourire.

Arthur – Attendez, j'éteins.

Se retournant vers sa tablette, il finit machinalement sa coupe, cul sec.

Guenièvre *(sursautant)* – Non!

Arthur – Quoi non? Je finis ma tisane…

Guenièvre *(à elle-même)* – C'est pas vrai…

Arthur *(partant dans un énorme sanglot)* – Qu'est-ce que j'ai fait encore?

FERMETURE

5. INT. CHAMBRE D'ARTHUR - PLUS TARD

Arthur dort à poings fermés. Guenièvre et Demetra chuchotent.

Guenièvre – J'ai failli… C'est passé à ça!

Demetra – Voyez, c'est pas compliqué. Il vous a associée à l'idée de réconfort. Maintenant dès qu'il sera triste, hop! Ce sera pour vous.

Arthur sanglote en dormant. Il se réfugie dans les bras de Demetra. Guenièvre lance à Demetra un regard éteint.

NOIR

Guenièvre *(over)* – Vous savez où vous pouvez vous la mettre, votre potion ?

96
La Quête Des Deux Renards

A. Astier

3 CORS

1. EXT. CRÉNEAUX – JOUR

Arthur, Lancelot et Léodagan observent depuis les créneaux la vaste plaine qui s'étend devant le château.

Lancelot *(désignant un point au lointain)* – Je vous assure, Sire ! Ce sont les Seigneurs Perceval et Karadoc qui arrivent.

Arthur – Mais comment ça se fait qu'ils marchent à pied, ces engins-là ?

Léodagan – Ils ont peut-être été obligés de bouffer leurs chevaux pour survivre…

Arthur – Oui… Ou ils les ont perdus en jouant aux cartes !

OUVERTURE

2. INT. SALLE DE LA TABLE RONDE – JOUR

Arthur et Léodagan reçoivent Perceval et Karadoc pour un débriefing de leur périple. Père Blaise consigne leurs aventures dans un registre.

Perceval – Alors là, Sire, on en a, des choses à vous raconter !

Karadoc – Des aventures plein la musette !

Léodagan – Comment ça se fait que vous ayez plus de chevaux ?

Perceval – Ben, ils se sont sauvés de l'auberge où on était…

Karadoc – On les avait mal attachés…

Perceval – Mais attendez, on a un paquet de trucs à vous raconter, d'abord !

Arthur *(sceptique)* – C'est vrai que ça fait un moment qu'on vous a pas vus…

Léodagan – Pour ainsi dire, trois semaines.

Perceval *(consultant son ami)* – Du coup, on sait pas bien par quoi commencer !

Père Blaise – Commencez déjà par le titre, que je puisse calligraphier mon en-tête.

Karadoc – Quel titre ?

Père Blaise – Le titre de la Quête !

Léodagan – Il faut trouver un titre un peu classe par rapport à ce que vous avez fait. Je sais pas moi, le nom de l'ennemi que vous avez combattu…

Perceval – Ah mais on n'a pas combattu.

Karadoc – Enfin, pas vraiment.

Arthur – Ou un trésor que vous avez ramené ou un objet magique, je sais pas… Il faut que ça fasse « la Quête du… », là-là-là…

Père Blaise – Moi, il me faut quelque chose.

Karadoc – On peut pas mettre « la Quête des Aventures de Perceval et Karadoc là-là-là » ?

Léodagan – Donc vous avez pas de trésor, pas d'objet magique et vous avez combattu personne.

Perceval – Ben, pas vraiment.

3. INT. SALLE DE LA TABLE RONDE – ENSUITE

Perceval et Karadoc se sont lancés dans le détail de leur récit.

Perceval – En fait, le jour où on est partis, je sais pas si vous vous souvenez, il faisait bien gris.

Karadoc – D'ailleurs, on avait pensé à partir le lendemain pour éviter de prendre la flotte sur la tête et puis finalement on s'était dit « Allez hop! merde! »

Perceval – Le tout pour le tout!

Karadoc – Et puis, en fait, c'était menaçant mais il est rien tombé.

Perceval – Là-dessus, on s'arrête à l'auberge des Deux Renards pour passer la nuit.

Léodagan – L'auberge des Deux Renards? Mais c'est juste après la forêt, ça!

Arthur – Vous faites à peine deux lieues et vous vous arrêtez déjà pour pioncer?

Père Blaise *(découragé)* – Je sens que ça va encore être épique…

Karadoc – En fait, c'était pas tant pour dormir que pour manger…

Perceval – Je sais pas si c'était le grand air ou quoi mais on s'était chopé une fringale!

Perceval – Et puis on trouvait ça dommage de taper dans les provisions alors qu'on était encore en zone civilisée.

Père Blaise *(à Arthur)* – Sire, il y aurait un truc pas mal, c'est qu'on saute tout de suite à la partie « action », voyez ? Moi, je me débrouillerai toujours pour faire une jolie intro…

Perceval – Ah non mais ça vient, ça vient !

Karadoc – Si vous aimez l'action, vous allez pas être déçus !

Léodagan *(perdu)* – De l'action à l'auberge des Deux Renards ?

Arthur *(tempérant l'impatience de Léodagan et Père Blaise)* – Attendez, on va voir…

Perceval – On arrive là-dedans, ils venaient de tuer l'agneau. Il y avait une bonne odeur de bidoche grillée dans la salle !

Karadoc – Du coup, on se met à table avec les autres et on se commande une belle assiette chacun. On commence à manger et *(consultant son ami)* franchement, c'était bon !

Perceval – Ah ouais, c'était bon ! Moi, en tout cas, j'y ai vu que du feu !

Karadoc – Pas d'odeur bizarre, rien !

Léodagan – Mais… vous avez vu que du feu à quoi ?

Perceval – Attendez ! C'est là que ça devient intéressant !

Père Blaise – Avec un suspense pareil, ce serait malheureux…

4. INT. SALLE DE LA TABLE RONDE – ENSUITE

Perceval et Karadoc en arrivent au fait.

Karadoc *(à Perceval)* – On a compté quoi ? Une demi-heure ?

Perceval – Même pas!

Karadoc – Ouais allez, vingt minutes.

Perceval – Tout le monde s'est mis à gerber dans cette auberge!

Karadoc – L'agneau était daubé du cul!

Perceval – Malades comme des chiens! Le lendemain, on tenait à peine debout, on était blancs comme des linges!

Arthur – Et puis?

Karadoc – Ben après, on est restés à l'auberge trois bonnes semaines…

Perceval – Parce que du coup, le taulier nous a fait un prix pour s'excuser du désagrément.

Karadoc – Au bout d'une semaine seulement on a pu avaler quelque chose sans tout rendre.

Perceval – Et encore, un petit bouillon de poireaux, à peine!

Karadoc *(fier)* – Qu'est-ce que vous dites de celle-ci?

Arthur et Léodagan se regardent sans expression.

Père Blaise – Je dis que j'ai pas fini de cogiter sur le titre.

FERMETURE

5. INT. SALLE DE LA TABLE RONDE – PLUS TARD

Arthur et Léodagan ont quitté la pièce. Perceval et Karadoc sont restés seuls avec Père Blaise pour tenter de formuler leur histoire de la plus romanesque façon.

Père Blaise *(désespéré)* – Mais qu'est-ce que vous voulez que je fasse comme aventure, avec ça ?

Perceval – Quand même, ça arrive pas tous les jours !

Père Blaise – Vous avez même pas sorti vos épées au moins une fois ?

Perceval *(soudain)* – Oh putain, les épées !

Karadoc – Quoi ?

Perceval – On les a oubliées là-bas !

Père Blaise pose sa plume et abandonne.

Karadoc – Qu'est-ce qu'on fait ? On y retourne…

Perceval souffle.

NOIR

Perceval *(over)* – On peut pas, on a plus de chevaux !

97
Agnus Dei

A. Astier

3 CORS

1. INT. CHAMBRE ARTHUR – NUIT

Guenièvre, seule dans son lit, entame une prière, mains jointes et yeux fermés.

Guenièvre – Seigneur tout puissant, je Vous supplie de me donner la force et la persévérance de soutenir mon époux dans la difficile Quête que Vous lui confiâtes. C'est un homme courageux, honnête et généreux qui mérite…

La porte claque.

Arthur *(off)* – La vache, ça daube là-dedans ! Il y a un chat crevé ou quoi ?

OUVERTURE

2. INT. CHAMBRE ARTHUR – PLUS TARD

Arthur est couché à côté de Guenièvre qui termine silencieusement sa prière.

Arthur – Qu'est-ce qui vous prend ? Ça y est, vous êtes complètement marteau ?

Guenièvre continue sans s'occuper d'Arthur.

Arthur – Ho! Hé! Il y a quelqu'un?

Guenièvre *(sans ouvrir les yeux)* – Chut…

Elle reprend sa prière.

Arthur *(à lui-même)* – Non mais ça va, ouais? *(fort, à Guenièvre)* Ho! Vous me répondez ou je vous fais enfermer!

Guenièvre – Ah mais c'est pas vrai! Vous m'avez coupée en plein milieu!

Arthur – En plein milieu de quoi?

Guenièvre – De ma prière!

Arthur – Votre prière? Qu'est-ce que c'est que ça, encore?

Guenièvre – Vous n'avez jamais entendu parler des prières chrétiennes?

Arthur – Non.

Guenièvre – Eh bien il faudrait peut-être commencer à se mettre à la page, mon petit vieux! Si vous voulez devenir Chrétien, vous devez vous adressez au Dieu unique tous les soirs avant de dormir.

Arthur réfléchit une seconde.

Arthur – « Mon petit vieux… »?

Guenièvre – Oui, je sais. Je l'ai senti en le disant. C'est exagéré.

3. INT. CHAMBRE ARTHUR – ENSUITE

Arthur questionne sa femme au sujet de la prière chrétienne.

Arthur – Et qu'est-ce que vous lui demandez, à votre Dieu?

Guenièvre – C'est pas mon Dieu puisqu'il est unique.

Arthur – Oui mais ça, bon. Faut pas prendre ça au pied de la lettre ! Les Chrétiens, ils se la pètent un peu, aussi. Il y a plus qu'eux sur terre, les autres, c'est des pécores…

Guenièvre – Après, à vous de décider si vous préférez ça ou les Dieux celtes…

Arthur – Bah moi, sur le principe du Dieu unique, j'ai rien contre. C'est centralisé, quoi.

Guenièvre – Moi, en tout cas, le coup de la prière du soir, je trouve ça drôlement bien.

Arthur – Et on peut demander quoi ?

Guenièvre – Ce qu'on veut.

Arthur – Ouais mais quoi par exemple ?

Guenièvre – Je sais pas… Ce qu'on veut.

Arthur – Vous, vous Lui demandez quoi ?

Guenièvre – Ah dites, ça vous regarde pas !

Arthur – Bah quoi, vous pouvez bien me dire !

Guenièvre – Sûrement pas.

Arthur – Merci. C'est agréable.

Guenièvre – Mais c'est intime, ça. En plus, ça vous concerne.

Arthur – Quoi ? Qu'est-ce que j'ai fait, encore ?

Guenièvre – Mais rien ! Vous avez rien fait !

Arthur – Qu'est-ce que vous allez vous plaindre à l'Autre, là ?

Guenièvre – Je ne me plains pas, figurez-vous. Ça vous surprendra peut-être mais je Lui dis que je suis plutôt heureuse avec vous.

Arthur – Qu'est-ce que ça peut Lui foutre ?

Guenièvre – Il écoute. Parce que j'y mets de la ferveur, je joins les mains, je me concentre sur ma foi…

Arthur – Votre foi ? Ah non mais s'il vous plaît ! Ça fait même pas six mois que vous savez qu'Il existe, le Dieu unique !

Guenièvre – Oui mais ça me plaît. Je dirais même que ça me correspond. Alors, je prie et je sais qu'Il m'écoute, qu'Il fera en sorte que mon bonheur soit durable.

Arthur pousse un soupir moqueur.

Guenièvre – Ah bah, foutez-vous de moi !

Arthur – Non mais ho, machine… On doit être je sais pas combien sur la planète, vous allez pas me dire qu'Il prend le temps de s'occuper des petites histoires à deux ronds à chaque fois qu'un micheton joint les mains et parle tout seul !

Guenièvre – « Machine… » ?

Arthur – Oui, je sais. Je l'ai senti en le disant. C'est exagéré.

4. INT. CHAMBRE ARTHUR – PLUS TARD

Arthur est seul dans le lit. Après avoir vérifié que sa femme ne revient pas, il joint les mains et tente de trouver une posture pieuse avant d'entamer une prière.

Arthur *(bas)* – Dieu. Depuis que Vous êtes arrivé – ça fait quoi, ça fait deux trois ans, maintenant… enfin, je veux dire, deux trois ans que le truc a vraiment pris, quoi, que les gens en parlent, tout – moi, je fais tout ce que je peux pour mettre les gars au pas. La Quête du Graal, le côté symbolique, la lumière, la salvation, tout ça, je crois que c'est bien rentré. Non parce que c'était pas gagné, quand même ! Moi, les mequetons de la Table Ronde, c'est pas des flèches. Vous êtes au courant, de ça. Quand je leur parle de Graal, eux ils cherchent un vase et puis c'est marre. Si je me lance dans les explications comme quoi c'est pas l'objet qui est important mais le symbole, le sang de Votre Fils, la vie éternelle, les gars, ils me regardent avec des billes comme ça et puis ils décrochent. Rideau. Alors, ce qui serait pas mal si on veut avancer un peu sur cette histoire, c'est que Vous fassiez péter un signe. Mais un truc comac, voyez? Parce que la Dame du Lac, c'est bien gentil mais comme il y a que moi qui peux la voir, c'est pas encourageant pour les autres. Au contraire, quand ils me voient causer tout seul, ils se demandent si j'ai pas carrément tourné la carte. Alors voilà, je compte sur Vous. Allez, *Amen, Deo Gracias*, et je sais plus quoi… Je suis désolé, j'ai pas eu le temps de potasser les formules.

FERMETURE

5. INT. CHAMBRE ARTHUR – PLUS TARD

Guenièvre revient pour se coucher.

Guenièvre *(se couchant)* – Vous parlez tout seul?

Arthur *(gêné)* – Non…

Guenièvre – À qui, alors?

Arthur – Bah… à vous.

Guenièvre – J'étais pas là!

Arthur – Ouais mais j'avais pas vu.

NOIR

Guenièvre *(over)* – Charmant…

98
Le Tourment

A. ASTIER

3 CORS

1. INT. CHAMBRE D'ARTHUR – SOIR

ARTHUR et GUENIÈVRE sont au lit. GUENIÈVRE semble inquiète.

ARTHUR – Il y a quelque chose qui va pas ?

GUENIÈVRE – Je sais pas si c'est la pleine lune ou quoi… Je me fais du souci.

ARTHUR – Du souci pour quoi ?

GUENIÈVRE – Ce soir, je ne sens pas que vous m'aimez.

ARTHUR – Parce que les autres soirs, oui ?

GUENIÈVRE – Ben… Non, pas vraiment…

ARTHUR – Voyez, vous avez pas de raison de vous en faire.

OUVERTURE

2. INT. SALLE DE BAINS – SOIR

ARTHUR se délasse dans un bain chaud en fredonnant sa chanson fétiche.

ARTHUR *(chantant)* –   « *Belle qui tient ma vie*
Captive dans tes yeux,
Qui m'a l'âme ravie
D'un sourire gracieux… »

On frappe à la porte de la salle de bains.

ARTHUR *(agacé)* – Qu'est-ce que c'est ?

KARADOC *(OFF)* – C'est le Seigneur Karadoc, Sire. Je peux entrer ?

ARTHUR – Ah non ! Sûrement pas !

KARADOC *(OFF)* – Non mais juste deux minutes !

KARADOC, équipé pour le bain, entre.

ARTHUR – Non mais ho ! Ça va ? Vous vous faites pas trop chier ?

KARADOC – Ben, j'ai frappé…

ARTHUR – Tirez-vous de là, espèce de con !

KARADOC *(avouant)* – Sire, j'ai rencontré une jeune fille magnifique ! Elle et moi, si je me démerde pas trop mal, ça peut être le gros truc !

ARTHUR – Mais qu'est-ce que vous voulez que ça me foute ?

KARADOC – Premier rendez-vous ce soir : je peux pas me permettre de puer du cul. Alors, s'il vous plaît, comme il y a que vous qui êtes équipé hygiène, est-ce que vous pouvez me faire une petite place deux minutes, le temps que je me récure les doigts de pied et je vous laisse tranquille.

3. INT. COULOIRS – NUIT

PERCEVAL frappe à la porte du Roi. ARTHUR ouvre, encore endormi.

ARTHUR – Perceval ? Qu'est-ce qui se passe, on est attaqués ?

Perceval – Non, non. Je voulais juste vous parler.

Arthur – Me parler à cette heure-ci ? Vous voulez mon pied au cul ?

Perceval – C'est à propos d'Angharad !

Arthur – Quoi ?

Perceval – Vous voyez qui c'est, non ?

Arthur – Attendez, vous me réveillez en pleine nuit pour me parler de la bonniche de ma femme ?

Perceval – Je viens voir si vous auriez pas un conseil à me donner.

Arthur – Ah si. Moi, je serais vous, j'irais me coucher vite fait avant de me prendre un pain.

Perceval – Si vous voulez, je sens bien qu'il faudrait que je fasse quelque chose, mais je sais pas quoi.

Arthur – Je sais pas, me lâcher la grappe, par exemple…

Perceval – En fait, voilà, la question, elle est simple : est-ce que vous croyez qu'il faut que je la demande en mariage ?

Arthur – Mais qu'est-ce que vous voulez que ça me foute, vos histoires ?

Perceval – Non mais c'est parce que je suis Chevalier, aussi ! Normalement, il faudrait se marier avec des personnes du même rang… Seulement, qu'est-ce que c'est qui a le même rang qu'un Chevalier ?

Arthur – J'en sais rien, je m'en tape.

Perceval – Si, un autre Chevalier. Mais je vais pas me marier avec un autre Chevalier, quand même !

Arthur – Mais mariez-vous avec qui vous voulez et allez crever !

Perceval – Vous donnez votre consentement pour que je me marie avec une bonniche ?

Arthur – Mais qu'est-ce que vous voulez que ça me foute ? Vous pouvez bien vous marier avec une chèvre, si ça vous chante !

Perceval – Merci, Sire.

Arthur – Et puis, mon petit pote, si vous en tenez une qui veut bien se marier avec vous, rappelez-vous bien que c'est inespéré et sautez sur l'occasion avant qu'elle change d'avis.

Perceval – Non mais là, ça risque rien. Angharad, ça fait huit ans qu'elle poireaute, elle est toujours là. Bon, elle a pas inventé l'eau chaude, non plus.

4. INT. COULOIRS – PLUS TARD

Lancelot est venu taper à la porte du Roi. Arthur ouvre.

Arthur – Qu'est-ce qui arrive ? Une attaque surprise ?

Lancelot – Non, non, rassurez-vous, Sire. J'ai ressenti le besoin de m'entretenir avec vous.

Arthur – Mais qu'est-ce qui vous prend à tous, cette nuit ? Vous voulez que je me fâche pour de bon, ou quoi ?

Lancelot – J'avais simplement besoin de votre avis. Vous permettez que je vous pose une question ?

Arthur – Ah bah maintenant que je suis debout, faites comme si j'étais réveillé !

Lancelot – Vous savez, cette histoire de cœur pur...

Arthur – Quel cœur pur ?

Lancelot – Ben, le mien.

Arthur – Ah ! Ouais, eh ben ?

LANCELOT – Je me demande ce qu'on pense de ça, à la cour.

ARTHUR – Tout le monde s'en branle et moi le premier.

LANCELOT – Précisément. Et j'en arrive à ma question : est-ce que vous pensez que je devrais fréquenter ?

ARTHUR – Vous faites comme vous voulez.

LANCELOT – Ouais. *(presque à lui-même)* Ce serait décevant, n'est-ce pas ?

ARTHUR – M'en fous.

LANCELOT – Oui, vous avez raison. On attend de moi la noblesse du cœur. Et sinon…

ARTHUR ferme sa porte.

LANCELOT *(plus fort)* – Oui, vous avez raison !

FERMETURE

5. INT. CHAMBRE D'ARTHUR – NUIT

DEMETRA réveille ARTHUR.

ARTHUR *(sursautant)* – Qu'est-ce qui se passe ?

DEMETRA – Je suis désolée, je sais pas si c'est la pleine lune ou quoi mais j'arrive pas à fermer l'œil.

ARTHUR – Qu'est-ce que vous avez ?

DEMETRA – Il faut que je vous pose la question : est-ce que vous m'aimez réellement ?

ARTHUR reste sans voix.

NOIR

ARTHUR *(OVER)* – C'est tous les combien, la pleine lune, rappelez-moi ?

99
La Retraite

A. Astier

3 CORS

1. INT. TAVERNE – JOUR

Perceval et Karadoc boivent un verre à la taverne.

Perceval – Dès que je pars en retraite, je vous laisse tous mes chevaux.

Karadoc *(touché)* – Ah bah c'est drôlement gentil.

Perceval – Voilà, j'en ai deux, c'est pour vous.

Karadoc – Vous en aviez pas trois?

Perceval – Non, l'autre, je l'ai tué sans faire exprès. Bon et puis sur les deux, il y a le mien, alors je pars avec. Il vous en reste un. Vous y ferez gaffe, il a au moins vingt-cinq ans, ce bourrin, il peut crever d'un jour à l'autre.

OUVERTURE

2. INT. SALLE À MANGER – JOUR

Arthur déjeune avec Perceval.

Perceval – Ça s'arrête à quel âge, la Quête du Graal, normalement?

Arthur *(avec douleur)* – Hein ?

Perceval – La Quête du Graal… À quel âge ça s'arrête ?

Arthur – Comment « à quel âge ? » Qu'est-ce que vous bavez, encore ?

Perceval – C'est pour savoir. Parce qu'il faut que je m'organise.

Arthur *(désignant sa tête)* – Vous devriez déjà commencer par organiser le merdier que vous avez là-dedans… Qu'est-ce que vous voulez savoir ? Allez, vous vous magnez le tronc, maintenant ! *(se mettant en colère)* Vous me dites ce que vous voulez et vous faites un effort pour que je pane au moins le sens de votre phrase ! Je commence à en avoir plein le dos de me choper des maux de tête à force de jamais piger un broc de ce que vous chantez ! Alors, vous recommencez depuis le début avec une tournure simple et directe ou vous ramassez une tarte ! C'est clair, ça ?

Perceval *(faisant un effort)* – Je voudrais savoir à quel âge vous pensez qu'on peut arrêter la Quête du Graal parce que je voudrais prendre ma retraite.

Arthur est surpris.

Perceval – Je m'en ramasse une ou pas ?

3. INT. SALLE À MANGER – ENSUITE

La discussion continue.

Arthur – Qu'est-ce que vous appelez votre « retraite », exactement ?

Perceval – Ben, le jour où je plie les gaules et je rentre chez moi !

Arthur *(abasourdi)* – Mais… Enfin, vous allez pas partir comme ça !

Perceval – Ah bah, on se fait un petit buffet, quand même. On boit un canon, on n'est pas des bêtes !

Arthur – Attendez, vous vous rendez compte que vous êtes un Chevalier de la Table Ronde ?

Perceval – Eh ben ?

Arthur – Eh ben je sais pas… Normalement, le code voudrait qu'on meure au combat pour la Gloire du Seigneur…

Perceval – Bah, moi, ça fait dix ans que je retape ma cabane au Pays de Galles, maintenant qu'elle tient debout, j'aimerais bien pouvoir en profiter un peu !

Arthur – Mais… enfin moi je veux pas vous retenir de force, hein ! Si vous voulez vous barrer, vous faites bien ce que vous voulez !

Perceval – Mais à quel âge on peut ?

Arthur – Mais il y a pas d'âge, arrêtez de me bassiner avec ça ! Si vous voulez partir, vous partez ! Qu'est-ce que vous voulez que je vous dise, moi ?

Perceval – Mais… maintenant ?

Arthur – De toute façon, la Table Ronde, c'est pas une obligation ! Vous y êtes de votre plein gré, je vous rappelle !

Perceval – Oh bah quand même ! Quand vous nous avez annoncé le coup de la Dame du Lac avec le message et la Table et tout… Ça avait l'air obligé !

Arthur – C'était recommandé, disons. C'est vrai que ça m'aurait mis de travers qu'on me dise non mais bon… Sur le principe, la Table Ronde, c'est pas obligatoire.

Perceval – Donc, on peut partir quand on veut.

Arthur – Sur le principe, oui.

Perceval – Sur le principe… ?

Arthur – Sur le principe, vous pouvez partir.

Perceval – Non mais en vrai…

Arthur – En vrai, si vous partez, je vous casse la gueule, déjà. Je trouve intolérable d'avoir une chance pareille et de vouloir mettre les bouts pour aller bêcher son potager au Pays de Galles… et puis si vous partez, je vous raconte pas la réputation de péteux que vous allez vous taper !

Perceval – Pour le moment, je suis pas parti, j'ai quand même une réputation de péteux…

Arthur – C'est pas faux.

4. INT. TAVERNE – JOUR

Perceval et Karadoc se sont retrouvés à la taverne.

Perceval – Non mais j'ai bien senti que c'était le coup dur pour lui.

Karadoc – Mettez-vous à sa place, un Chevalier qui s'en va…

Perceval – Ben ouais, c'est le prestige qui fout le camp !

Karadoc – Alors qu'est-ce que vous allez décider ?

Perceval – À la limite, je peux encore rester sur le Graal pendant quelques années…

Karadoc – Et si vous lui disiez que vous voulez bosser que la demi-journée ? Ça vous libère un peu de temps…

Perceval – Ben non, parce que moi, ce qui m'intéresse, c'est de rentrer au pays, alors…

Karadoc – Eh ben, vous négociez des journées libres. Trois jours Quête du Graal, trois jours chez vous. Trois jours Quête du Graal, trois jours chez vous. Trois jours Quête du Graal, trois jours chez vous. Trois jours Quête du Graal, trois jours chez vous. Trois jours Quête du Graal…

Perceval – Ouais mais il y a le temps de voyage, aussi. Je mets trois jours pour rentrer au Pays de Galles.

Karadoc – Eh ben, trois jours Quête du Graal, trois jours voyage, trois jours chez vous, trois jours voyage, trois jours Quête du Graal, trois jours voyage, trois jours chez vous, trois jours voyage, trois jours Quête du Graal…

Perceval – Donc je négocie avec Arthur de travailler trois jours tous les vingt-huit jours.

Karadoc commence à compter sur ses doigts.

Perceval – Non non mais c'est ça, pas la peine de compter.

FERMETURE

5. INT. TAVERNE – JOUR

Perceval et Karadoc continuent leur discussion.

Karadoc – Il y a aussi une possibilité, c'est que vous preniez du travail à faire chez vous.

Perceval – Non, je crois que je préfère bûcher-bûcher quand je suis là et avoir un vrai temps de repos. Sinon, au bout d'un moment, le corps, il dit non.

Karadoc – Ou alors, vous négociez de partir des réunions de la Table Ronde plus tôt que les autres.

Perceval – Vous croyez que ça va passer, ça ?

Karadoc – Ou sinon, ce que vous faites…

NOIR

Karadoc *(over)* – … mi-journée Table Ronde-voyage, trois jours chez vous. Mi-journée chez vous-voyage, trois jours Table Ronde. Mi-journée Table Ronde-voyage…

100
La Vraie Nature Du Graal

A. Astier

3 CORS

1. INT. COULOIRS – JOUR

Lancelot, Perceval et Bohort s'apprêtent à entrer dans la salle de la Table Ronde. Léodagan arrive.

Lancelot – Tiens, Léodagan !

Bohort – Vous ne deviez pas arriver hier ?

Léodagan – Figurez-vous que mon cheval s'est tordu la guibole sur vos saloperies de routes pavées !

Perceval – Ouais, c'est un coup à prendre, les routes pavées…

Léodagan – C'est quand même formidable, ce pays ! Pour pas se casser la gueule, il faut galoper à côté de la route !

OUVERTURE

2. INT. SALLE DE LA TABLE RONDE – JOUR

Pendant que les Chevaliers vocifèrent, Arthur reste distrait et éteint, le regard dans le vague.

Léodagan – Si je dis « pas de routes pavées en Carmélide », il y aura pas de routes pavées en Carmélide. Je suis encore assez grand pour savoir ce que je veux !

Galessin – Mais quand on va chez vous, la route s'arrête net à la frontière. Après, on patauge dans la boue !

Léodagan – Vous n'avez qu'à pas venir chez moi ! Je vous ai rien demandé, moi !

Bohort – Moi, je pense que le Seigneur Léodagan n'a pas encore admis qu'il fait partie des peuples bretons fédérés et que la Carmélide n'est pas un cas à part.

Karadoc – C'est vrai que vous faites un peu comme ça vous chante…

Perceval – Moi, au Pays de Galles, on m'a dit « routes pavées », j'ai fait « routes pavées ».

Léodagan – Vous, de toute façon, on vous aurait dit de chier dans un bol…

Lancelot *(à Léodagan)* – La question, elle est simple : est-ce que vous considérez que vous êtes fédéré ou pas ?

Léodagan – Ah mais moi, je veux bien fédérer tout ce que vous voulez mais il y aura pas de routes pavées en Carmélide. Point barre.

Galessin – Cette attitude est intolérable ! Ce problème doit être réglé !

Léodagan – Puisque je vous dis qu'il y a rien à régler…

Bohort *(demandant le silence)* – Chut !

Les hommes tournent la tête vers Arthur, qu'ils avaient oublié. Constatant qu'il est parfaitement ailleurs, ils se jettent des regards interdits.

3. INT. SALLE DE LA TABLE RONDE – ENSUITE

Les Chevaliers s'inquiètent pour Arthur, qu'ils ont l'habitude de voir plus tonique.

Bohort *(avec circonspection)* – Sire ? Tout va bien ?

Arthur – Bien ! Bien, bien, bien…

Lancelot – On a peut-être un peu laissé la discussion s'envenimer…

Galessin – En même temps, il y a rien qui presse.

Hervé de Rinel *(regardant Père Blaise)* – On pourrait peut-être passer à l'ordre du jour ?

Père Blaise – Bien sûr, on va enchaîner…

Karadoc – On réglera ça plus tard !

Père Blaise – Bon, en fait, l'ordre du jour, c'était la question des routes pavées en Carmélide…

Les hommes protestent avec bonhomie, signifiant que rien ne presse à ce sujet.

Léodagan – On va pas passer la journée là-dessus, *(à Père Blaise)* vous avez pas autre chose…

Père Blaise – Ben… en fait, bizarrement, non. Aujourd'hui, il y a pas surcharge.

Léodagan *(gêné, aux autres)* – Ah…

Arthur – Et le Graal ?

Les Chevaliers se regardent avec inquiétude.

Père Blaise – Heu… Le Graal, bien sûr… Ça, c'est toujours plus ou moins à l'ordre du jour…

Arthur se lève lentement.

Arthur – Qu'est-ce que c'est, le Graal ? Vous savez pas vraiment. Moi non plus et j'en ai rien à cirer. Regardez-nous ! Il y en a pas deux qui ont le même âge, pas deux qui viennent du même endroit… Des Seigneurs, des Chevaliers errants, des riches, des pauvres… Mais… À la Table Ronde, pour la première fois de toute l'histoire du Royaume breton, nous cherchons la même chose.

Le Graal. C'est le Graal qui fait de nous des Chevaliers, des hommes civilisés, qui nous différencie des tribus barbares. Le Graal, c'est notre union. Le Graal, c'est notre grandeur.

Les hommes, un à un, se lèvent. L'instant est solennel.

4. INT. SALLE DE LA TABLE RONDE – ENSUITE

Les Chevaliers sont remontés à bloc. Le discours d'ARTHUR a fait son effet.

LÉODAGAN – On repousse les barbares, on tient tête aux Romains, on va quand même bien réussir à trouver un vase, non ?

GALESSIN – Tout ça, c'est question d'organisation !

BOHORT – On va quadriller le secteur et se partager les zones.

LANCELOT – Il faudrait penser à envoyer une équipe en Gaule, au cas où…

HERVÉ DE RINEL – Moi je pars en Judée ! On sait jamais.

LANCELOT *(serrant le bras d'Hervé)* – Dieu vous assiste.

KARADOC – Quelqu'un a des nouveaux renseignements à propos de Joseph d'Arimathie ?

PÈRE BLAISE – Moi, je crois que la clé, c'est Avalon ! Si on trouve Avalon, on est bon !

LANCELOT – Moi, je m'occupe de la Calédonie. Sauf que…

GALESSIN – Ouais… Pour aller en Calédonie, faut passer par la Carmélide.

PÈRE BLAISE – Et en Carmélide, il y a pas de routes pavées…

Léodagan – Ah, vous allez pas recommencer à me gonfler!

Bohort – Ça va drôlement ralentir les recherches…

Léodagan – Mais vous n'avez qu'à les faire ailleurs, vos recherches!

Lancelot – Vous allez vous entêter encore combien de temps?

Léodagan – Le temps qui me plaira!

Pendant que les hommes reprennent leur querelle, Arthur soupire et se désespère.

FERMETURE

5. INT. COULOIRS – JOUR

Arthur s'éclipse discrètement de la salle de la Table Ronde. À l'intérieur, la dispute continue.

Léodagan *(off)* – J'ai pas l'habitude de me laisser donner des leçons par des pécores dans votre genre!

Lancelot *(off)* – Ce qui est obligatoire pour tout le monde, ça l'est aussi pour vous!

Karadoc *(off)* – Si vous voulez pas faire d'efforts, on s'en sortira jamais!

Léodagan *(off)* – Vous, vous allez commencer par faire l'effort de me fiche la paix! Le premier Romain qui pose un pavé chez moi, je lui fais bouffer! Je reviens pas là-dessus!

Arthur ferme la porte et soupire.

NOIR

Léodagan *(over, derrière la porte)* – Et s'il y en a un qui veut régler ça à la filoche, ça peut aussi s'envisager!

Inédits

inédit 1
Huit Cents Arbalètes

A. Astier

3 CORS

1. EXT. ENCEINTE DU CHÂTEAU – JOUR

Arthur s'entretient avec Lancelot et Père Blaise ; la discussion est tendue.

Père Blaise *(à Arthur)* – Qu'est-ce qu'on fait, alors ? On le reçoit ou on le reçoit pas ?

Arthur – Évidemment qu'on le reçoit ! Il fait dix mille bornes pour venir, on va pas le laisser à la porte ! *(il réfléchit)* Bon. Combien il en avait commandé, d'arbalètes ?

Lancelot – Huit cents.

Arthur *(à Père Blaise)* – Et on en a… ?

Père Blaise – Seize.

Arthur – Seize !

Lancelot – À la limite, moi, j'en ai deux à moi qui me servent à rien, ça fait dix-huit…

OUVERTURE

2. EXT. REMPARTS DU CHÂTEAU – JOUR

Arthur, Lancelot et Père Blaise sont sur les remparts. Ils commentent le panorama au Roi Africain qui observe le paysage avec intérêt.

Père Blaise *(au Roi Africain)* – Voilà. Et là-bas, au fond, quand c'est bien dégagé, on peut voir jusqu'en Carmélide.

Lancelot – Seulement, c'est jamais dégagé.

Tous rient.

Le Roi Africain – Bon, bon, bon. *(à Arthur)* Dites donc, mon homologue, là… C'est bien beau tout ça mais je suis pas venu pour regarder la campagne, moi. Alors, je vais charger la commande et je vais rentrer à la maison parce que c'est pas là que ça touche !

Arthur – Oui, alors à ce sujet, on a un petit ennui.

Le Roi Africain – Qu'est-ce qui se passe ?

Père Blaise – Oh, trois fois rien.

Lancelot – Des bricoles !

Arthur – Oui, non, c'est un détail mais…

Le Roi Africain – La commande est pas prête ?

Lancelot *(à lui-même)* – Pas vraiment, non…

Arthur *(reprenant Lancelot)* – Si ! Si, si !

Lancelot – Ah bon ?

Arthur – Oui, oui.

Lancelot – Ben, je croyais que…

Arthur – Non mais je sais mais… On va faire autrement parce que… Voyez, c'est plus simple. *(au Roi Africain)* Voilà. Tout bêtement, ce qu'on voulait savoir : est-ce que vos hommes ont déjà tiré à l'arbalète ?

LE ROI AFRICAIN – Mais qu'est-ce que vous me chantez? Si j'avais de quoi les faire tirer à l'arbalète, je me farcirais pas quinze mille bornes pour venir vous les acheter!

ARTHUR – Bien sûr. Mais juste un truc… On avait parlé de la garantie sécurité…?

LE ROI AFRICAIN – La garantie quoi?

ARTHUR – Eh oui. Parce que c'est pas bien prudent de vous laisser partir avec huit cents arbalètes alors que vous savez pas vous en servir!

PÈRE BLAISE – D'où la garantie.

LANCELOT approuve.

ARTHUR – Si vos gars sont pas habitués, à part se tirer dans le cul les uns les autres, je vois pas bien ce qu'ils vont faire!

3. EXT. ENCEINTE DU CHÂTEAU – JOUR

Les négociations se poursuivent.

LE ROI AFRICAIN *(à Arthur, désignant Père Blaise)* – Dites, quand l'autre grand, là, il a pris les vingt-cinq sacs d'émeraudes, j'en ai pas tellement entendu parler, de la formation obligatoire!

PÈRE BLAISE – Je l'ai pas stipulé, ça? Ça m'étonne…

ARTHUR – Non mais d'abord, on vous fait cette petite formation, rien que pour vous et vos deux larbins, là.

LE ROI AFRICAIN – C'est mes frères.

ARTHUR – Ah pardon. Oui enfin, en même temps, c'est eux qui portent les sacs, alors…

LE ROI AFRICAIN – Vous voulez pas me donner mes arbalètes maintenant?

Arthur – Ce que je veux pas, c'est qu'on vienne me reprocher d'avoir provoqué un génocide!

Père Blaise – C'est une question d'éthique, en fait.

Lancelot – Ces arbalètes, c'est tout nouveau, il y a que nous qui les faisons. En cas de pépin, on serait tout de suite montrés du doigt!

Arthur – Alors voilà, on vous les donne mais pas toutes.

Le Roi Africain – Pas toutes? Comment ça, pas toutes?

Arthur – On vous en donne deux-trois à l'essai mais pas trop pour limiter les risques.

Le Roi Africain – Et combien vous m'en donnez, à l'essai?

Arthur *(à Père Blaise)* – Combien?

Père Blaise – Seize.

Lancelot – Avec mes deux, dix-huit.

Arthur *(au Roi Africain)* – Voilà.

Le Roi Africain – Dix-huit! Non mais c'est une blague! Je vais pas rentrer à la maison avec dix-huit machins qui se courent après! J'ai promis qu'on allait envahir la moitié du continent, avec vos outils! Vous allez me faire passer pour un pigeon! Aux prochaines élections, je vais me faire sortir comme un mendiant!

Lancelot *(à Arthur)* – Aux prochaines quoi?

Lancelot lance un regard confus à Arthur qui lui indique que lui non plus ne connaît pas ce mot.

Arthur – De toute façon, c'est pas la peine de discuter pendant huit jours! On en fait une question de principe.

Soudain, Perceval et Karadoc arrivent en hâte.

Karadoc – Sire! Sire!

Arthur – Ah, c'est pas le moment de m'emmerder, je suis occupé!

Perceval *(brandissant une épée ensanglantée)* – Sire! Nous venons d'estoquer une manticore!

Lancelot – Une manticore!

Père Blaise – Mais où ça?

Karadoc – Devant le château.

Père Blaise – Devant le château?

Lancelot – Vous êtes sûrs que c'était une manticore au moins?

Perceval – Ah, sûrs! Vous auriez vu le monstre!

Karadoc – J'ai failli chier dans mes frocs!

Lancelot – Un lion avec des ailes et une queue de scorpion?

Perceval *(pris d'un doute)* – Heu… Non. Un grand machin gris avec des oreilles comme ça et un pif d'une borne de long.

le Roi Africain *(réalisant soudain)* – Ah, putain! Mon éléphant!

Il se précipite vers les escaliers, suivi par les autres.

4. EXT. ENCEINTE DU CHÂTEAU – ENSUITE

Arthur et Lancelot s'emploient à invectiver leurs deux Chevaliers.

Arthur *(à Perceval et Karadoc)* – Ah non mais vous me les aurez toutes faites!

Lancelot – Pas être foutus de faire la différence entre une manticore et un éléphant!

Perceval – Ben, j'ai jamais vu d'éléphant, moi!

ARTHUR – De manticore non plus!

KARADOC – On a voulu bien faire!

LANCELOT – Eh ben c'est réussi! Crétins!

PERCEVAL – Ho! Hé! Doucement, hein! Je veux bien me faire remonter les bretelles par mon Roi mais vous, c'est pas la même chose!

KARADOC – Il faudrait peut-être rappeler au Seigneur Lancelot que c'est pas parce qu'il vient du Lac qu'il a le droit de nous faire la leçon!

PERCEVAL – Ouais! Parce qu'il pourrait bien y retourner, dans le Lac! Avec un gadin attaché aux pieds!

LANCELOT *(dégainant son épée)* – Je crois que l'éléphant, c'est la dernière connerie que vous avez faite!

LE ROI AFRICAIN *(très en colère)* – Vous feriez mieux de vous occuper un peu de moi parce qu'entre les arbalètes et l'éléphant, je vous préviens, je suis à deux doigts de l'incident diplomatique!

ARTHUR *(surpris)* – Ça va, on va vous le rembourser, votre éléphant!

LE ROI AFRICAIN – Et comment je rentre chez moi? À pied?

ARTHUR – Mais on vous donnera un cheval, c'est bon!

LE ROI AFRICAIN – Je sais pas faire de cheval!

ARTHUR – C'est comme l'arbalète, ça s'apprend! *(à Perceval et Karadoc)* Tiens, à propos, puisque vous êtes dans un bon jour, vous allez apprendre à Monsieur à tirer à l'arbalète.

LE ROI AFRICAIN – Ah, eux, je veux plus les voir!

ARTHUR – J'ai qu'eux sous la main! Prenez ce qu'on vous donne, Bon Dieu!

LE ROI AFRICAIN – Ah oui, ça me réussit! Dix-huit arbalètes sur huit cents et un éléphant crevé! Vous avez autre chose pour moi?

FERMETURE

5. EXT. ENCEINTE DU CHÂTEAU – PLUS TARD

Tout le monde tente de retirer la flèche profondément enfoncée dans la cuisse du ROI AFRICAIN.

LE ROI AFRICAIN *(hurlant)* – Aïe! Mais doucement, merde! Vous voyez pas que ça pisse le sang?

LANCELOT – Arrêtez de bouger! Vous vous faites mal tout seul!

ARTHUR *(hors de lui, à Perceval)* – Donc, si je veux faire une synthèse, vous arriverez jamais à faire un truc!

PERCEVAL – Mais elles sont mal foutues, ces arbalètes!

LE ROI AFRICAIN – Quoi?

PERCEVAL – Le bois est plein de flotte! La crosse vous glisse des mains! C'est spongieux!

ARTHUR désigne sa propre tête.

NOIR

ARTHUR *(OVER)* – Moi, je crois que c'est là-dedans que c'est spongieux.

inédit 2
Le Spectre D'Uther

3 CORS

1. INT. COULOIRS – NUIT

Arthur, à peine éveillé, ouvre sa porte. Lancelot, lui aussi en costume de nuit, affiche un air inquiet.

Arthur – Seigneur Lancelot ?

Lancelot – Je suis désolé, Sire, mais il y a un spectre assis sur votre trône.

Arthur – Comment ?

Lancelot – Un spectre. Assis sur votre trône.

Arthur *(le dévisageant)* – Vous êtes beurré ?

Lancelot – Le truc qui me gêne, c'est que – bon, vous me connaissez, normalement, je ne connais pas la peur – là, j'avoue, sur le coup, j'ai vu le spectre, j'ai fait un petit « aaah »…

OUVERTURE

2. INT. SALLE DU TRÔNE – NUIT

Arthur s'approche avec prudence de son trône, traversant la grande salle plongée dans l'obscurité. Assis, noyé dans un grand halo blanc, le fantôme de Pendragon regarde son fils s'avancer. Les deux hommes s'observent pendant quelques secondes sans rien dire.

Soudain, ils prennent la parole tous les deux en même temps.

Pendragon – Qui…

Arthur – Qu'est-ce…

Pendragon – Pardon…

Arthur – Non, non, allez-y…

Pendragon – Non, non, je vous en prie…

Arthur – Non mais juste… voilà… qu'est-ce que… Qu'est-ce que vous foutez là ?

Pendragon – Je viens voir mon fils.

Arthur – Votre fils ? D'accord.

Les deux hommes restent quelques secondes sans rien dire.

Pendragon – Ça répond à votre question ?

Arthur – Oui, oui mais… Parce que vous êtes qui, en fait ? On va commencer par là.

Pendragon – Mon nom est Uther Pendragon.

Arthur – Ah d'accord… d'accord. Ben, c'est moi, du coup.

Pendragon – « C'est moi » qui ?

Arthur – C'est moi votre fils. Uther Pendragon… on parle bien du même ?

Pendragon – Ah bah, de toute façon, il y en pas cinquante…

Arthur – Bon bah voilà.

Pendragon – Vous êtes Arthur, Roi de Bretagne ?

Arthur – C'est ça. Votre fils. Du coup…

3. INT. SALLE DU TRÔNE – ENSUITE

> *Arthur et le spectre de Pendragon continuent leur discussion.*

Pendragon – Non, non mais très bien.

Arthur – Parce que j'ai l'impression que vous êtes pas sûr…

Pendragon – Si, si! Mais si! Vous me dites que vous êtes Arthur, moi je vous crois! Seulement bon, c'est vrai que sans la tenue…

Arthur – Ouais mais là, en même temps, vous venez à trois heures et demie du mat'…

Pendragon – Non mais attention, c'est pas un reproche!

Arthur – Vous seriez passé cet après-midi, j'étais en Roi.

Pendragon – C'est pas seulement la tenue… Je sais pas, je vous voyais plus grand.

Arthur – Ah bah… Qu'est-ce que vous voulez que je vous dise, moi?

Pendragon – Le prenez pas mal, hein!

Arthur – Ah non mais je le prends pas mal, j'en ai rien à foutre.

Pendragon – Parce que moi, je vois, je suis quand même pas le gars petit…

Arthur – Je dois tenir de ma mère.

Pendragon – Comment ça va, votre mère?

Arthur – Bien. Bien, bien, bien.

Pendragon – Qu'est-ce qu'elle devient?

Arthur – Elle devient… *(agacé)* Bon attendez. Est-ce que vous vouliez me dire quelque chose en particulier?

Pendragon – Ah bah oui, j'ai un message des Dieux…

Arthur – D'accord, je vous écoute.

Pendragon *(réfléchissant)* – Le truc, c'est que je l'ai perdu, là.

Arthur – Ah.

Pendragon – C'est con, c'était important…

Arthur – Ah bah oui, c'est con. Vous vous souvenez pas de quoi ça parlait?

Pendragon – Du Graal, je crois.

Arthur – Du Graal! Ah oui, là, c'est dommage, là.

Pendragon *(tentant de se souvenir)* – « Le Graal, il est… » Non. « Il faut chercher aux alentours de… Ga… »

Arthur – Galles?

Pendragon – Non… Un truc avec « ga »… ou « gla »…

Arthur – Glastonbury?

Pendragon – Non.

Arthur – Gla…

Pendragon – Ou « gli »…

Arthur – Gli?

Pendragon – Non, je sais plus.

4. INT. SALLE DU TRÔNE – ENSUITE

Arthur et Pendragon sont toujours dans une impasse.

Pendragon – Bon, ben… Je vais y aller, tant pis.

Arthur – Attendez, ce serait quand même bien que vous… enfin, vous vous souvenez pas, vous êtes sûr, il y a pas moyen?

Pendragon – Qu'est-ce que vous voulez que je vous dise ?

Arthur – Non, rien mais bon, c'est vraiment con parce que la Quête du Graal, nous de notre côté, on rame, ça avance pas d'un broc… Là, si vous avez un indice…

Pendragon – Oui, c'était un indice.

Arthur *(soupirant)* – Bon, ben… Si ça vous revient…

Pendragon – Ben, je reviens.

Silence.

Pendragon – En même temps, c'était l'occasion de se rencontrer.

Arthur – Oui, oui non mais bien sûr. C'est pas le problème.

Pendragon – Parce que ça faisait un moment, je me disais : « Faut que je passe… faut que je passe… » Et puis, vous savez ce que c'est…

Arthur – Ben là, pour le coup, pas tellement.

Pendragon – Allez, à une de ces nuits, alors…

Arthur – Parce que vous passez que la nuit ? Ça, c'est admis comme truc ?

Pendragon – Heu… Disons que je ressors mieux dans l'obscurité. Parce que je suis pâle et transparent. Du coup, de jour, ça fait pas pareil.

FERMETURE

5. INT. CHAMBRE D'ARTHUR – NUIT

Arthur revient se coucher, sortant Guenièvre de son sommeil.

Guenièvre – Qu'est-ce qui se passe ?

Arthur – Rien. C'était mon père.

Guenièvre – Anton ?

Arthur – Non, mon vrai père.

Guenièvre – Pendragon ?

Arthur – Voilà.

Guenièvre a un petit frisson.

Arthur – Quoi ?

Guenièvre – Ah, j'aime pas ça quand les morts reviennent…

Arthur – Pourquoi ?

NOIR

Guenièvre *(over)* – Je sais pas, ça me met mal à l'aise…

inédit 3
Dolor

A. ASTIER

3 CORS

1. INT. COULOIRS – NUIT

Guenièvre, en tenue de nuit, parle à quelqu'un à travers la porte de sa chambre.

GUENIÈVRE – Mais enfin, tout de même ! C'est ma chambre !

AZÉNOR *(OFF)* – Vous n'avez qu'à aller dormir à l'écurie !

GUENIÈVRE – Je vous rappelle que je suis la Reine !

AZÉNOR *(OFF)* – J'en ai rien à foutre. Cassez-vous !

Guenièvre est abasourdie.

OUVERTURE

2. INT. COULOIRS – PLUS TARD

Se dirigeant vers sa chambre, Arthur tombe sur sa femme.

ARTHUR – Bah… Qu'est-ce que vous foutez là à cette heure-ci, vous ?

GUENIÈVRE – C'est-à-dire… Je me suis fait sortir de notre chambre par votre maîtresse.

Arthur – Quoi ? Laquelle ?

Guenièvre – Azénor.

Arthur – Azénor ? Mais qu'est-ce qui lui prend, à celle-là ?

Guenièvre – Elle est entrée comme une furie – sans frapper – et elle m'a montré la porte du doigt en disant : « Ce soir, c'est mon tour, vous dégagez. »

Arthur – Elle est dingue ! Et vous vous êtes laissée faire ?

Guenièvre – Vous savez, elle est quand même très autoritaire, cette jeune fille…

Arthur – En plus, elle me refuse depuis le début ! Vous allez pas me dire que ça lui prend ce soir comme une envie de pisser !

Guenièvre – Bah… ça se commande pas, ça.

Arthur – De toute façon, elle a pas à vous virer de la piaule. C'est tout.

Guenièvre – Qu'est-ce que je fais, moi, alors ?

Arthur – Vous m'attendez deux minutes : je rentre, je la vire et on va se coucher.

Il s'apprête à entrer dans la chambre.

Guenièvre – Attendez… Si ce soir, elle a envie, moi, je veux pas vous faire manquer l'occasion !

Arthur – Non mais c'est pas la question ! Je veux pas qu'elle commence à péter plus haut que son cul, c'est tout. Ce soir, j'avais prévu de dormir avec vous et de rien faire ; je suis encore assez grand pour savoir ce que je veux.

Il entre dans la chambre.

3. INT. CHAMBRE D'ARTHUR – NUIT

AZÉNOR est allongée sur le lit. ARTHUR, debout, lui demande des explications.

AZÉNOR – Ça va! Je lui ai pas tapé dessus, non plus!

ARTHUR – Encore heureux!

AZÉNOR – Moi, quand j'ai envie, il faut pas m'emmerder!

ARTHUR – Mais enfin, ça fait six mois que vous êtes censée être ma maîtresse, vous avez jamais eu envie une seule fois!

AZÉNOR – Comme quoi, tout arrive. Allez, magnez-vous!

ARTHUR – Mais « magnez-vous » rien du tout!

AZÉNOR – Vous avez pas envie?

ARTHUR – Mais… c'est pas une question d'envie…

AZÉNOR – Vous avez envie ou pas?

ARTHUR – Zut! là!

AZÉNOR – Venez plus près, au moins.

ARTHUR s'assied sur le lit.

ARTHUR *(plus calme)* – Je veux juste mettre les choses au clair. La Reine, c'est votre supérieure. Il est absolument hors de question…

AZÉNOR *(le coupant)* – Ouais allez, c'est bon, je le ferai plus. On y va?

ARTHUR – Non mais ça va, oui? Elle m'attend dans le couloir!

AZÉNOR – Allez… Dans l'état où je suis, il y en a pour deux minutes…

AZÉNOR mord de toutes ses forces l'oreille d'ARTHUR qui pousse un hurlement de douleur.

Arthur – Mais qu'est-ce qui vous prend ? Vous êtes dingue ?

Azénor – Allez, vengez-vous !

Arthur – « Vengez-vous » ? Mais…

Azénor – Vite !

Azénor assène une claque magistrale à Arthur. Vexé, le Roi attrape Azénor par les cheveux et, par réflexe, ferme le poing. Azénor, parfaitement calme, attend le coup en fermant les yeux. Arthur, freiné par cette réaction inattendue, se calme subitement et lâche sa prise.

Arthur *(à lui-même)* – Holà…

Azénor – Eh ben ? Qu'est-ce qui se passe ?

Arthur – Qu'est-ce que vous me faites, là ?

Azénor – Allez-y ! Collez-moi une trempe !

Arthur – Une trempe ? Mais jamais de la vie !

Azénor – Bah, ça commençait bien, là ! Allez, attrapez-moi les cheveux ! On va pas y passer la nuit !

Arthur – Mais vous êtes givrée…!

Azénor *(souriante)* – Ah… c'est vrai que vous êtes un dur… Il vous en faut peut-être un peu plus qu'aux autres…

Azénor donne un coup de poing à Arthur qui dégringole du lit.

4. INT. CHAMBRE D'ARTHUR – ENSUITE

Arthur saigne de la bouche. Assis sur le lit, il s'essuie avec un linge.

Azénor – C'est pas vrai ! Vous allez pas me dire que vous faites ça comme les vieux !

Arthur – Je fais pas ça comme les vieux ! Je fais ça… normalement.

Azénor – Comme les vieux.

Arthur *(à lui-même)* – Tarée, va…

Azénor – Moi, pour me mettre en route, il faut que ça envoie.

Arthur – Eh ben sans moi.

Azénor – Faites un effort, quoi… Tirez-moi une tarte !

Arthur – Non.

Azénor – Pour me faire plaisir !

Arthur – J'ai dit non !

Azénor – Vous êtes vraiment un petit con !

Arthur – Quoi ?

Arthur gifle Azénor.

Arthur – Pardon… Excusez-moi, je suis désolé.

Azénor – Mais ne vous excusez pas, abruti ! Continuez !

Arthur – Ah, attention, hein ! Ne me traitez pas d'abruti !

Azénor – Abruti ! Abruti, abruti, abruti…

Arthur – Stop !

Azénor – En plus, vous êtes moche et con.

Arthur *(se levant)* – Bon, je me casse.

Azénor *(hurlant)* – Le Roi Arthur est une grosse tafiole !

Arthur bondit sur le lit pour bâillonner Azénor.

Arthur – Mais vous allez la fermer, espèce de dégénérée ?

Azénor étrangle Arthur. Par réflexe, il dégaine sa dague ; Azénor lâche prise.

Azénor – Ah ouais, mortel, la dague ! *(commençant à se dénuder)* Allez-y, faites-moi des entailles dans le dos…

FERMETURE

5. INT. COULOIRS – NUIT

Arthur, copieusement blessé mais souriant, sort dans le couloir où sa femme l'attend toujours.

Guenièvre – Mon Dieu ! Mais qu'est-ce qui vous est arrivé ?

Arthur – Rien. C'est rien.

Guenièvre – Vous avez pas été trop vache, au moins ?

Arthur – Heu… Ben, il faut ce qu'il faut.

Guenièvre s'apprête à entrer dans la chambre.

Arthur – Non, non ! il faut la laisser dormir, là… Par contre, deux secondes, je veux juste vérifier un truc…

Arthur gifle Guenièvre. Surprise, elle le gifle à son tour. Arthur réfléchit une seconde.

NOIR

Arthur *(over)* – Ouais, non, avec vous, ça marche pas.

9929

Composition
IGS

*Achevé d'imprimer en Slovaquie
par NOVOPRINT SLK
le 11 avril 2017.*
1er dépôt légal dans la collection : mars 2012.
EAN 9782290034798
OTP L21EPGN000351C004
ÉDITIONS J'AI LU
87, quai Panhard-et-Levassor, 75013 Paris

Diffusion France et étranger : Flammarion